U0087164

中興新村的異聞奇譚錄

黑貓咖啡館

佐渡遼歌 著

目次

第一章　猩猩之酒　004
第二章　比翼鳥之骨　056
第三章　國王的瓊漿　112
第四章　龍牙　188

第一章　猩猩之酒

踏出客運的時候，李文綺不由得用力地伸展坐得僵硬的身子。

晴朗無雲的天空豔陽高照。

李文綺抬頭凝視了好一會兒才偏開視線，用著疊影閃爍的視野看著隨後踏下客運的賴柏耀。他小心翼翼地將抱在胸前的硬殼後背包重新揹好，在對到視線的時候露出笑容。

「總算到了，好久沒有坐這麼長途的車了。」

「單純只是這裡很偏僻吧，沒有火車也沒有高鐵，唯一能夠抵達的大眾交通手段只有客運。」李文綺不悅回答。

賴柏耀苦笑著聳聳肩，向前邁步。

中興新村曾經是省政府的所在地，然而隨著時代演進，政治層面的地位逐漸降低，如今只是一個充滿綠意的小城鎮。

低矮的紅瓦屋舍櫛比鱗次，大多數都有砌石矮牆或樹叢圍籬，前庭擺滿大小不一的盆栽，也有一些看似已經無人居住的屋舍外牆爬滿藤蔓植物，雜草蔓生，透出寂寥氛圍。屋舍之間也有不少狹窄巷弄，蜿蜒通往彷彿連接著不同世界的另一端。

人行道兩側栽種著高聳繁盛的樟木、欒樹與欖仁，綠蔭盎然，樹影搖曳。

李文綺是第一次前來中興新村，對於這種幾乎無法在都市當中體會到的氣氛頗為著迷，有種無心闖入異國街道的錯覺，然而壓在心頭的煩惱很快就蓋過這股興奮情緒。

李文綺偏頭看向走在身旁的賴柏耀，開口問：

「柏耀，你還沒有告訴我為什麼要來這裡。」

賴柏耀似乎沒有聽見，依然故我地盯著手機螢幕的導航地圖，左顧右盼。

昨日深夜接到他著急的電話，一大清早就收拾行李趕往車站，乘車途中不管提出什麼問題都被敷衍帶過，現在都已經抵達終點了卻還是不曉得此趟旅行的目標。李文綺的不滿逐漸高漲，抓住賴柏耀的肩膀，再次詢問：

「為什麼要來這裡？」

賴柏耀一怔，有些困擾地說：「昨天，我不是說了在整理倉庫時找到一個看起來不太妙的東西，不曉得該怎麼處理。」

「所以究竟是什麼講得這麼神祕……等等，難道是槍械嗎？該不會是毒品吧？」

「不是那一類的物品啦，比較像是沒有鑑定過的古文物？」

李文綺頓時失去興趣，沒好氣地問：「然後呢？為什麼要來這裡？」

「該怎麼說比較好……聽說那種東西繼續放在倉庫裡面不是辦法，必須盡早處理，但是也有各種忌諱。我問了幾個人，最後有學長表示這裡有一位解決那方面事情的專家。」

「為了鑑定就搭了這麼久的車嗎……」

李文綺抱怨完才注意到自己錯失了重點，懷疑追問：
「等等，哪位學長講的？」
「呃……士玖學長。」
「那位萬年延畢的可疑學長？」
李文綺不禁蹙眉。她打從大一上學期就加入了登山社，自然認識那位傳說中的社團學長。
根據大四的學長姊們所言，在他們剛進入大學的時候，士玖學長就已經待在社團了，而那些學長姊們今年已經要畢業，士玖學長依然每天優哉游哉地待在社團辦公室，陪著其他學弟妹們玩桌遊、聊天打鬧，完全沒有畢業的跡象。
大學有至多延畢兩年的規定，由此推算士玖學長最多是大學五年級，明年就會畢業了，然而每次看到那位吊兒郎當的學長窩在社團辦公室的專屬座位聊天，李文綺就會覺得這個人或許已經在大學待了超過十年。
「士玖學長知道一些奇怪的知識，也有著不少人脈，在這件事情的建議應該能夠幫上忙才是。」賴柏耀如此總結。
李文綺對於士玖學長沒有抱持絲毫好感，卻也無法否認他在稀奇古怪的場合總會提供特別有用的意見，現在或許也是如此……
李文綺不再細想那位學長的事情，轉動視線，望著賴柏耀的高大身影。
他在大學二年級才加入登山社，主修法律，副修德文。如果要找一個詞彙來形容「賴柏耀」這個人，李文綺會毫不猶豫地回答「過度溫柔的爛好人」，無論在什麼時候都會以他人為重，將自己的需求排在第二、第三順位，對於各種請求總是爽快地笑著答應。

李文綺很喜歡這樣的個性。

換成自己，絕對不可能讓交情僅止於社團活動的陌生人如此予取予求，這點正是注意到他的契機，等到回過神來，已經成為戀人關係了。話雖如此，交往的兩年期間，李文綺總會刻意提醒自己必須成為支持賴柏耀的人，而非依賴著他的人。

正因為如此，即使在深夜接到隔天凌晨就要出發前往遙遠城市的聯絡，自己也沒有反問或抱怨，乾脆地同意。

兩人並肩走在鋪著石磚的人行道。

陽光從枝葉的縫隙灑落，令視野的景色顯得閃閃發亮。

「真是不錯的氣氛呢。」賴柏耀說。

李文綺不置可否地應了一聲。

「剛才有看到租賃腳踏車的店家吧，這裡的街道規劃很適合騎腳踏車兜風，天氣也不錯。妳知道附近有什麼觀光景點嗎？」

「不曉得。」

「這麼說起來，記得在電視節目當中看過南投縣有一個很適合騎腳踏車的地方，嗯……好像是什麼隧道的樣子，妳有印象嗎？樹蔭隧道？綠色隧道？還是天空隧道？」

「名字怎樣都好吧，我們又不是來旅遊的。」李文綺不禁加重語氣。

賴柏耀的動作一僵，低頭說：「抱歉。」

「……快點走吧。」

李文綺意識到口氣過於強烈，但是並沒有道歉。

遵照手機的導航指示，兩人在數十分鐘後抵達了目的地。

那是一間座落在整片幽靜林木當中的獨棟建築物。兩層樓，乍看之下是歐洲鄉村小屋的風格，深褐色屋瓦的斜屋頂、淺色牆壁以及紅色窗戶，門前的矮石階旁擺放著立牌，小黑板用著可愛的圓滾滾字跡寫著「黑貓咖啡館」。

如果有煙囪就完美了。李文綺暗自下了評語。

由於林木當中沒有明顯道路，離開柏油路的兩人直接踩上草地，抵達咖啡館正門的時候卻愕然發現深褐色的沉重木門掛著「休息中」的木牌。

李文綺暗自埋怨不佳的運氣，接著看見賴柏耀伸手搭在門把，皺眉阻止：「今天是公休日吧。出發前有先查一下就好了。」

「士玖學長說過這間咖啡館幾乎全年無休，那片木牌只是為了打發不知情的觀光客。」

賴柏耀一邊說一邊用力推開大門，偏頭露出「看吧，沒有鎖」的笑容。

繫在頂端的銀鈴發出清脆聲響。

「——歡迎光臨。」

咖啡館內立即傳來溫柔婉約的招呼，伴隨著輕柔的鋼琴樂音。

賴柏耀急忙端正神色，走進咖啡館。李文綺暗自嘆了一口氣，跟在後面。

門扉有如一道分界線，將耀眼陽光與熱度隔絕在屋外，即使空調沒有開啟依然感受到寒意。溫差相當懸殊。李文綺下意識地將雙手交環抱在胸前，小幅度地摩娑，同時環顧室內。

咖啡館比從外面看到還要來得寬敞。

門口連接著筆直的走道，左側是吧檯以及沖泡咖啡的內場，壁掛碗櫃擺滿了袋裝咖啡豆、沖泡咖啡的工具和玻璃杯；右側沿窗放著四組木製桌椅，有四人桌也有兩人桌。桌面沒有鋪設桌巾，隨意擺放著類似裝飾品的小物。

每張桌子的裝飾品都不一樣。從入口算起分別是漆黑色的角錐紙鎮、繫著紅繩的木牌吊飾、裝著紫色彈珠的透明花瓶以及一顆琉璃製的蘋果擺飾。

一名少女坐在吧檯的高腳椅。從制服款式來看，正是方才客運經過的那所高中學生。

那名少女綁著馬尾，或許是身高較矮的緣故，雙腿碰不到地面，此刻正前後踢呀踢的，令百摺裙跟著晃動。吧檯桌面沒有任何餐點，擺放著課本、筆記本和白色兔子造型的鉛筆盒，看似正在寫作業。

「兩位客人請隨意入座。」

站在走道盡頭的服務生用著婉約嗓音這麼說。

她穿著哥德式女僕裝。服裝本身只有黑白兩色，裸露肩膀的黑底長裙剪裁合宜地垂落至膝蓋，而在領口、袖緣、腰際和裙襬都以複雜的白色蕾絲作為裝飾，整體設計相當強調胸口的部份。

此外，服務生本人有著端正清麗的五官，微捲的淺棕色長髮挽成一束垂在胸前，毫無疑問是位美人。

即使同樣身為女性，李文綺也一瞬間看傻了眼，片刻才猛然回神，用手肘輕拐著微微張著嘴巴的賴柏耀。

「空著的位置都可以坐。」

女僕服務生微笑著再度這麼說。

李文綺僵硬點頭，瞇眼望向她胸前的金屬名牌。

燙金的工整字體寫著「柳庭柔」這個名字。

賴柏耀和李文綺並肩坐到擺放著透明花瓶的四人桌，柳庭柔立即端著托盤來到桌邊。她先將護貝過的菜單放到桌面，接著放上淺藍色條紋的紙杯墊和裝著冰水的壓克力杯。

冰塊互相敲擊的聲響似乎讓室溫降得更低。

「謝謝。」

賴柏耀說。李文綺也跟著點頭。

柳庭柔勾起嘴角，輕聲說「因為店長外出了，請稍待片刻」就退回原本位置，雙手交疊在腹部，抬頭挺胸地凜然站著，若不細看甚至會以為是做工精緻的等身高人偶。

「結果還是休息中啊，店長都不在。」

李文綺低聲嘟囔，喝了幾口冰水才注意到店內完全沒有關於貓的裝飾品，也沒有養貓的痕跡，不禁納悶為何會取名為「黑貓」咖啡館。

這個時候，低頭察看菜單的賴柏耀忽然倒抽一口涼氣。

李文綺疑惑蹙眉，低頭望向自己那份菜單，同樣大感愕然。

沒有插圖、設計或其他文字，整份菜單只有一項餐點。

咖啡，一萬元。

只有這樣而已。

「我應該沒有眼花吧？」

賴柏耀苦笑著說。

柳庭柔靈敏地聽見這句自言自語，微笑開口：「是的，本店只有一項商品，請客人務必謹慎考慮再決定是否點餐。」

賴柏耀生硬地點頭回禮，沒有接續話題。

李文綺再次緩緩地環顧店內，望著始終坐在吧檯認真寫作業的高中少女背影，忍不住壓低嗓音說：「柏耀，感覺很不妙耶。這裡該不會是什麼黑店吧？假借咖啡館的名義販賣違法藥品之類的，否則怎麼可能開出這麼誇張的價錢。」

「應、應該沒有問題啦。」

賴柏耀同樣壓低聲音回答：

「士玟學長不會害我們吧……而、而且說不定這裡是相當講究的咖啡店，用了高價稀少的咖啡豆和處理手法，畢竟紅酒、普洱茶都可以賣到幾千、幾萬的價位，說不定咖啡也可以。」

李文綺對於這個說法表示懷疑，卻一時之間想不到其他有力的論點反駁，吞下聲音的同時再度瞥了眼柳庭柔。她並沒有出聲催促的跡象，逕自保持笑容站在角落。

沉默忽然籠罩在咖啡館。

接下來好一段時間，只能夠聽見鋼琴樂音和高中少女在筆記本寫字的沙沙聲響。

「——都已經到這裡了。」

賴柏耀像是在說服李文綺也像是在自言自語，緩緩吐出一口氣，毅然舉手準備點單。

緊接著，大門開啟的鈴聲響再度響起。

李文綺暗自疑惑究竟還有誰會來這種店被敲竹槓，轉頭正好看見一位拄著拐杖的青年踏入店內。

青年的雙眼被瀏海蓋住，略長的頭髮自然披散在肩膀，體格消瘦修長，身穿黑色襯衫和牛仔褲。此刻正單手將數本泛黃陳舊的書籍抱在胸口。從書脊底部的膠帶和數字編號判斷，大概是從圖書館借來的。

「……妳們兩人擅自在別人的店裡面做什麼？警告過多少次了。」

「只是在店長營業之前清理環境、招呼客人呀。這是服務生該做的基本事項。」柳庭柔笑著回答。

「盡是說些歪理。」

黑衣青年煩躁地將書籍放到玄關旁邊的矮桌，並且將拐杖掛在牆面吊鉤，接著才筆直走進吧檯內側，抓起一件素色圍裙，俐落穿戴完畢。這個時候，李文綺忽然注意到某種違和感——黑衣青年的雙眼卻始終緊閉，加上方才持著拐杖，不禁推測是否看不見事物。

——但是如果失明了，又怎麼會去借書？以及如何經營咖啡館呢？

李文綺身旁的賴柏耀同樣一臉詫異，低聲詢問說：

「咦？請問那個人不是服務生嗎？」

重點不是那個吧。李文綺無奈用眼角瞪了自家男朋友一眼。

黑衣青年一邊捲起袖口一邊隨口回答：

「她們兩人只是不請自來的服務生和賴著不走的打工小妹，請不要在意。」

聞言，高中少女忽然情緒高漲地挺起扁平的胸口，趾高氣昂地放話。

「哼哼哼，庭柔姊妳聽清楚了吧！人家的身分地位高妳一截，乃是名正言順的打工小妹，妳這個無關人等快點認輸，滾出這間咖啡館然後永遠不要再進來了！」

柳庭柔依舊維持著溫柔笑容，眼神卻毫無笑意。

「哎呀哎呀，這點可真是令人訝異，沒想到妳竟然聽不出來服務生和打工小妹兩者的地位誰高誰低。所謂的服務生在店鋪營業的時候都必須在場，然而打工小妹則是……哼，欣丫頭，妳的打工時間是每週五傍晚，其他日子別任意進來這間店，快點回家吧。」

「人家過來詢問墨哥關於下次要讀的書籍名單！這個也是打工內容之一！」

「安靜，如果要吵就滾出去。」

黑衣青年無奈嘆息，一句話就震住了兩位女性，接著面向李文綺和賴柏耀。

「不好意思，店內亂糟糟的。你們兩位是客人吧，是否決定要不要點餐了？」

「是、是的，麻煩了。」

「那麼就按人數，兩杯咖啡。」

黑衣青年頷首說完，逕自開始準備沖泡咖啡。

李文綺不禁好奇一杯一萬元的咖啡究竟會使用到多麼高級的咖啡豆和沖泡技術，起身探頭卻看見市面上最常見的即溶咖啡包裝。換言之，這間咖啡館販賣一杯咖啡的淨利將近九千九百九十五元，頓時難以置信地張大了嘴，各種情緒迅速交錯，反而不曉得該做何反應。

墨鋒迅速泡好了兩杯即溶咖啡，將沒有任何花紋的純白馬克杯放到吧檯。

柳庭柔急忙上前，盡了服務生的職責用托盤將之端到桌面。

「請用。」

柳庭柔笑著說。

李文綺抱持著自欺欺人的最後一絲希望，謹慎地捧起馬克杯，喝了一小口。

味道毫無變化，正是自己偶爾也會買來喝的即溶咖啡味道。

「——那麼，你們為何而來？」

黑衣青年坐到對面座位，平靜詢問。

店內散漫凌亂的氣氛就像突然被拉緊的弦，驟然出現變化。

鋼琴樂音在不知不覺間停止了。

原本要開口抱怨的李文綺震懾於這股氣氛，嚥下話語。

賴柏耀端正坐姿，沉聲開口：「那、那個，聽說這間咖啡館會處理某些……該怎麼說比較好，處理一些偏向超自然的事情？應該是這樣沒錯吧？」

「都待在店裡了卻連最基本的規矩都不曉得嗎？」

黑衣青年不悅地喃喃自語，隨即蹙眉詢問：

「既然如此，又是誰介紹你們過來的？」

「社、社團的一位士玖學長，楚士玖，他說中新興村有一間專門處理這種事情的咖啡館，而且和店長是好朋友，只要報他的名字就可以打折。」

「原來那傢伙還沒畢業嗎，究竟想當幾年的大學生啊……」

黑衣青年低罵了幾句，態度卻是緩和許多。

「那麼先來自我介紹吧，我是墨鋒，擔任這間咖啡館的店長一職。順帶說明，本店從來不漲價也不降價，無論報出誰的名字都沒有打折這回事。」

「人家的名字是蘇欣欣喔！而且是墨哥的女朋友！」

高中少女忽然笑著插話，同時將砂糖和奶精球放到桌面。

「兩位客人請不要相信乳臭未乾丫頭的胡言亂語，本咖啡館的店長是一位品格高尚、嚴以律己的正人君子，不會做出對未成年丫頭出手的犯罪舉動，還請放心。」

柳庭柔從另外一邊擠到桌邊，放上兩根銀色攪拌棒。笑容依舊婉約可人，視線卻死死地瞪著蘇欣欣。

「只有墨哥可以叫人家小丫頭，那是他和人家的專屬暱稱啦！」

蘇欣欣直接應戰，昂起小臉，宛如被激怒的野貓。

見狀，柳庭柔發出冷哼，不甘示弱地上前將胸部壓過去。

兩人的身高大概差了二十公分，此刻正一人低頭、一人抬頭，各自散發著殺氣，彼此怒瞪。

墨鋒沒有說話，只是冷淡清了清喉嚨。緊接著，不停拌嘴的柳庭柔和蘇欣欣同時噤聲，各自摸著鼻子悻悻然地回到原本的位置。

不管他們三人的實際關係為何，至少上下關係相當明顯。李文綺暗忖。

「——不好意思，讓兩位客人見笑了，我們回到正題吧。店名是咖啡館，不過本店的實際業務範疇包含諮詢非人、妖怪、怪異、惡念和詛咒等相關的諸多事項，也有經手收購妖怪的物品，費用一律是以人頭計算的諮詢費，咖啡只是附贈的。」

墨鋒用著手指關節輕敲桌面。

放在桌邊透明花瓶當中的紫色彈珠隨之滾動，發出輕微的敲擊聲。

「本店只收現金，兩位客人需要支付兩萬，因此請拿出二十張鈔票，擺放在此處，接著開始述說自身所遭遇的經歷、想要得知答案的疑惑以及希望諮詢的內容，這些部分請務必不要隱瞞細節，鉅細靡遺地悉數坦白。在喝完一杯咖啡的時間內，我會以己所知地給予解答、建議並且回覆所有問題。」

賴柏耀前傾著身子，聽得聚精會神。

「上述這些就是本店的規矩。」墨鋒總結地說。

李文綺暗自吁出一口長氣，長途搭車的疲勞和打從踏入咖啡館的震驚忽然接連爆發，忍不住挑釁似的問：「追根究柢，真的有妖怪這種東西存在嗎？你看得到嗎？」

「文綺！」

賴柏耀著急勸阻，不料墨鋒反而露出接受挑釁的笑容。

「所謂的妖怪是依據人類的想像、信仰與畏懼而誕生的產物，大多純屬虛構，然而隨著時間流逝，逐漸從人們口耳相傳的意念當中獲得實體與力量。因此對於這個問題的回答，是的，妖怪確實存在。」

李文綺沒有料到會遭到如此具體的反駁，頓時怔住了。

墨鋒抬起臉龐直視兩人。

這個時候，李文綺才發現瀏海後方的兩只眼睛都呈現灰白色，黯淡無光，明顯已經失明了，卻依然有種自己正在被仔細端詳的錯覺。

「若要打個比方……妖怪就是體育項目吧。」墨鋒說。

「……請問這是什麼意思？」

「兩位知道有『棒球』這種運動，相信也知道大略規則，說起知名的棒球選手，或許能夠迅速舉出好幾個名字吧，然而或是換成『相撲』這種運動呢？兩位知道相撲的詳細規則嗎？所需道具的專有名稱呢？知名選手的名字呢？他們所擅長的招式又如何？將任何一項運動名稱代入某一種妖怪，就是這個世界對於妖怪的普遍認知。」

李文綺隱隱約約能夠理解這段話想要傳達的意思，陷入沉默。

「也就是說，妖怪確實存在，只是從來我們沒有去注意嗎？」

賴柏耀確認性地問。

「有許多其他因素會互相干擾，不過這個結論大致沒錯。假設兩位在踏入這間咖啡館之前從來沒有接觸過關於妖怪的事物，對於『妖怪』此一存在，自然只有從知名娛樂作品得知的淺薄認知，無法在腦海臨摹出任一種妖怪的樣貌，對於兩位而言，妖怪無異於不存在。」

「什麼意思……所以我們踏出這間店就看得見妖怪了？」李文綺皺眉問。

「沒有那麼容易，除非兩位日後持續鑽研關於妖怪的課題，深入瞭解每一種妖怪的外貌、習性、特徵和歷史演變，屆時當已知的那種妖怪出現在眼前，自然具備辨識能力。」

「等等，你想要說妖怪其實就在我們身邊嗎？只是看不到而已？」

「並非看不到，而是『不去注意』。」墨鋒糾正說：「自古以來，人類聚集的場所會吸引妖怪，妖怪也會跟著人類遷徙、移動，這是理所當然的事情。畢竟妖怪仰賴著群眾的口耳相傳、信仰與畏懼而存在。」

墨鋒用手指關節敲打著桌面。

「以兩位目前所踩的這片土地舉例說明，這裡的原住民本來就保有自然崇拜與祖靈信仰，其後，荷蘭人、西班牙人帶來西方信仰，神學系統獨立發展的日本人以及妖怪歷史可以往前追朔至數千年的中國人也曾經踏足這座島嶼。人群的混雜會導致妖怪的混雜，世界各地的妖怪互相衝突、吞噬、調和、妥協且共榮，從而導致這座島嶼成為世界上獨一無二的靈能場所。」

「那樣……不會很不妙嗎？」賴柏耀問。

「現代人的信仰心普遍薄弱，連神靈都不太願意相信，遑論更加虛無縹緲的妖怪。」

墨鋒微微一笑，接著沉聲說：

「因此在這裡找到任何一種妖怪的蹤影都不奇怪，卻也幾乎不曾發現能夠傾覆國家的大妖怪，繁雜且淺薄、紊亂且微弱、易變且反覆，這些都是這個區域的妖怪特性，兩位無須太過在意。」

「原來如此。」賴柏耀頻頻點頭。

不對，他根本聽不懂吧，只是在隨口附和。李文綺忽然搞不懂為什麼會在週末午後的咖啡館討論這個話題，陷入一種虛幻縹緲的錯覺當中。

「——再者，你應該是看得到的人吧？或者說『感覺得到』比較適切。」

聞言，李文綺露出疑惑不解的神色。

賴柏耀頂著墨鋒沒有聚焦卻銳利的視線，不禁低聲承認。

「是的……我從小就能夠感覺到一些其他人無法察覺的事物，不過對著雙親這麼說也無法明白，直到國中才大致理解自己的體質……只要靠近墓地、醫院或曾經發生過命案的場所就會覺得不舒服，最嚴重的一次還差點當場昏倒。」

首次聽聞此事的李文綺詫異看向朝夕相處的戀人，然而在追問之前，墨鋒就輕描淡寫地開口：

「無法清楚看見都沒有問題，甚至有很大一部分是心理因素。那麼前言到此為止，咖啡快要喝完了，差不多該開始討論正事……請問兩位為何而來？」

賴柏耀和李文綺對望一眼。前者小心翼翼地從硬殼後背包的側邊口袋取出一個用好幾層手帕團團包住的物品，將之放在桌面，依序揭開。

李文綺向來是不信鬼神的類型，然而或許受到方才對話與氣氛的影響，在揭開最後一層手帕的瞬間不禁打了寒顫，看著那個不同於想像的「古文物」，大感訝異。

「不好意思，本店的規矩。」

柳庭柔輕聲提醒，用眼神瞥向桌邊的花瓶擺飾。

賴柏耀急忙取出錢包，數出二十張千元鈔票之後將透明花瓶當成紙鎮壓著，遲疑地問：「請、請問這樣……行了嗎？」

柳庭柔沒有回答，微笑以對。
墨鋒等待片刻，伸手在自己面前空揮了一下。
「誠如所見，我對於這間店每樣物品的位置都瞭若指掌，然而看不到客人帶來的物品，麻煩簡潔地說明外型、顏色和其他細節。」
「啊、啊啊，是的，非常抱歉。」
賴柏耀急忙開口說明。
「這是一個瓷瓶，白色的，表面有著五枚紅色花瓣的圖案，應該是櫻花。瓶口塞著深褐色的軟木塞，瓶頸的位置殘留著某種污漬的痕跡，瓶身幾乎沒有磨損或裂痕。」
「內容物呢？」
「這個就是前來這裡的理由了……我希望知道裡面究竟裝著什麼。」
「原來如此。」墨鋒思考片刻後詢問：「請問是從哪裡得到這項物品的？」
「這是我父親的私人物品。」
「那麼請問他目前位在何處？」
「父親在不久前去世了。」
「請節哀。」
墨鋒平靜地說。
賴柏耀微微頷首，繼續說下去：
「前幾天葬禮結束，在老家在整理遺物的時候發現了這個……剛才也說過我從小就是能夠感覺到『那種東西』的體質，昨晚找到這個瓷瓶就察覺到異狀，而且是從未有過的強烈程度，直覺告訴我最好不要輕易開啟，話雖如此，也不能夠繼續放在倉庫裡面，想辦法詢問過一些人，最後打聽到這間咖啡館的地址就搭首班車趕過來了。」

「直覺沒有錯，這是和妖怪相關的物品。介意我碰觸嗎？」

「不會。」

得到許可的墨鋒小心翼翼地用雙手捧起小瓷瓶。質地輕盈，表面塗著光滑的釉料。墨鋒先用雙手仔細撫摸著瓷瓶以及五枚花瓣的起伏，這才摘掉瓶口的軟木塞，謹慎湊到鼻前聞了一下。

賴柏耀和李文綺有些坐立不安地等待。

「瓷瓶本身……只是單純的人造物，而且是大量製造的廉價工藝品，沒有任何價值，重點在於『裡面盛裝的內容物』。對此，你有什麼頭緒嗎？」

「就是不曉得才會過來啊。」李文綺不悅地說。

「兩件事情並沒有衝突。」墨鋒冷靜地說：「即使不曉得瓶中的內容物，依然有可能知道某些蛛絲馬跡。這是令尊的私人物品，並且刻意瞞著所有家人，儘管如此，要在多年來瞞得毫無破綻是相當困難的事情，請仔細回想，記憶當中特別突兀、不解的部分或許會是關鍵。」

賴柏耀思索片刻，露出突然想到什麼似的神情。

「這麼說起來……某次父親喝醉的時候曾經說過一個奇妙的旅途故事。事後我幾次提起都矢口否認，甚至有些動怒，所以也就不了了之……」

「願聞其詳。」墨鋒說。

「父親在年輕時喜歡旅遊，並非挑選知名的觀光景點，而是刻意前往交通不便、偏遠村落等地區進行類似野外求生的體驗。大概是在我國小三年級……或四年級的時候吧，父親的旅遊忽然無聲無息地延長了好幾天，讓家裡亂成一團，以為他出了什麼意外，幸好最後好端端地回來，卻不肯透露究竟發生了什麼事情。」

賴柏耀低頭凝視著小瓷瓶，露出努力回憶的神情。

「從那個時候開始，家裡的氣氛就變得有些……弔詭，即使我還年幼，也可以分辨雙親之間的互動逐漸變得疏遠。父親依然故我地每隔一段時間就會出國旅行，然而不再任意前往各國，而是一律前往日本的東北地方。」

「原來如此。」

墨鋒微微頷首，沉聲說：

「關於那場無故延長的旅行，能夠想起其他細節嗎？多麼瑣碎都無所謂。」

「沒有了……吧？剛才也說過，父親對此極為保密。」

「請繼續仔細回想。你個人應該也相當在意這件事情，或許曾經暗中做過調查，絕對不會只知道如此淺層的情報。」

李文綺再度蹙眉，正想要開口打斷。

賴柏耀卻突然發出壓抑的聲音，雙手手指不由自主地握緊。

「看來有些頭緒了。」墨鋒平靜地說。

「這、這個真的是剛才猛然想起來的事情，記得……那是在我準備高中考試的時候，某次讀書讀到深夜，想要下樓找點東西吃卻發現父親坐在客廳的沙發自斟自飲，桌上擺的不是平時那種銀色啤酒罐，而是很類似這個瓷瓶的小酒瓶和像是醬料蘸盤的小碟子。」

「那種酒杯被稱為『盞』。也有尋常杯子的形狀，不過大多都是平緩低淺的碟狀。」柳庭柔微笑補充。

「是的，就是那樣的酒杯！」賴柏耀點頭說：「因為沒有見過父親使用那種酒杯喝酒，我忍不住靠過去一探究竟。父親當時已經差不多喝醉了，心情很好，不管問什麼都會笑著回答，於是就趁機詢問那次旅行的事情。」

「請繼續說吧。」墨鋒平靜催促。

「但是……先說清楚，那次的對話也沒有問出什麼重點。醉了的緣故，內容也有些支離破碎。」

「沒有關係。」

「父親沒有像以前那樣轉移話題或發怒，而是萬般懷念地說起那次旅行的始末……話雖如此，都是沒有特別之處的旅行見聞，像是位於路旁的小型神社、當地的平價食堂、深夜的居酒屋與日本城池，其中比較特別的部分大概是曾經遇到一位流浪漢。」

李文綺也是首次聽聞這件事情，不由得專注聆聽。

交往這段時間，她大略知道賴柏耀的家庭情況。

賴柏耀的雙親在他成為大學生的時候離婚了，目前跟著母親居住。自己只見過賴柏耀的父親一次。在高級餐廳當中，隔著桌巾和擺盤精緻的高級料理實在很難做出正確評價……至少她認為那位總是和藹笑著的叔叔是容易相處的好人，然而對於賴柏耀和阿姨而言，那位叔叔並未盡到身為父親與丈夫的責任。

李文綺用手指捏緊大腿，再度專注在目前的話題。

「——那位流浪漢大叔穿著破破爛爛的衣物，暗紅色的頭髮和鬍鬚留到幾乎遮住整張臉，看不清楚容貌，渾身都是海水曬乾的腥臭味道。父親在這方面講得相當詳細，應該是自己也感到印象深刻吧。」

「還有其他細節嗎？」

「抱歉，沒有了。」賴柏耀歉然地說。

墨鋒緩緩頷首，用指腹繞著小瓷瓶的瓶口轉動。

「沒有關係，我已經大致推測出這件物品的真正名稱，並不是什麼危險或對人體有害的液體，請兩位放心……這麼說起來，在發現這件物品之後，立即就前來這間咖啡館嗎？」

「咦？啊啊，是的。」賴柏耀說：「剛才也說過碰到瓷瓶的瞬間就湧現異於尋常的不祥預感，有種……必須盡快處理的感覺，聯絡到士玖學長之後，聽從他的建議，隔天就搭車過來了。」

「這份直覺很敏銳，想必過去也因此避免掉許多麻煩吧。」

墨鋒將小瓷瓶放回桌面，果斷開口：

「這是猩猩釀的酒。」

「——猩猩？」

這個答案遠遠超乎預料，李文綺忍不住驚喊出聲，隨即發現所有人的目光都集中在自己身上，不悅反問：「你說的猩猩是……待在動物園裡面的那種？還是在電影裡面爬上摩天大樓頂端的那種？妖怪的話是後面那種吧。」

「並非如此，這邊的『猩猩』是指日本的一種妖怪。人形，兩足而立，全身披滿赤紅色的毛髮，棲息於海中或臨海洞窟，有著充滿好奇心以及喜好飲酒作樂的特性，基本上對人類無害，平時喜歡和同伴們聚集在海邊開設酒宴，如果有人類偶然闖入也會欣然地邀請其一同參與。」

墨鋒流暢解釋，同時以熟練的手法將小瓷瓶重新包妥。

一時之間接收到太多訊息，賴柏耀和李文綺都沒有接話，吶吶地保持沉默。

「簡言之，猩猩釀的酒沒有任何危害，至多就是和市售的酒精飲料一樣喝多了會身體發熱、意識不清，無須擔心。」

墨鋒以此結束話題。

「那麼，諮詢在此告一個段落，請問兩位還有什麼需要嗎？」

「順帶提醒，額外的需求會視情況加收費用。」

柳庭柔適時微笑開口。

賴柏耀一怔，遲疑地問：「所、所以請問這個……猩猩之酒？該怎麼處理比較好？」

「妖怪所釀的酒對於嗜酒的人是難以入手的珍稀品，猩猩之酒也是如此。兩位如果不喝酒，就在親戚當中找一位喜歡喝酒的當成禮物送出去吧。」

——怎麼態度忽然變得很隨便了……而且已經收了兩萬元，竟然只有這樣嗎？說不定全部都是胡謅的。李文綺正要發火，但是在開口之前就被賴柏耀拉住手腕，默默吞下抱怨。

「不好意思，請問有沒有更加具體的建議呢？」

賴柏耀苦笑著問。

「建議已經說過了，送人或是自行飲用，能夠盡快處理掉就盡快，此外的話……只剩下銷毀、販售了。前者過於浪費，後者徒增麻煩。當然如果不想自行處理，本店可以幫忙尋找願意收購猩猩之酒的買方，作為手續費，將會收取售價九成的金額。」

李文綺慍怒地問。

「……九成是專門開給我們殺價的價錢嗎？還是某種惡劣的玩笑？」

「這是妖怪釀的酒，不諳真相的普通人不會出重金購買，從兩位方才的言行舉止判斷是與這邊世界無緣的普通人，缺乏脫手管道，考慮到這兩點，九成手續費相當妥當。」

「不到幾口份量的一小瓶酒究竟可以賣到多少錢？居然還要抽九成，這間店的咖啡都賣到一杯一萬的價錢了，難道還會在意抽成的那些小錢嗎？」

李文綺嗤之以鼻。

「我認為這個瓷瓶份量的猩猩之酒可以賣到一百萬。」墨鋒淡然說。

此話一出，李文綺和賴柏耀都愣住了。

「一、一百萬？」賴柏耀訝異地問。

「正是這個價格，或許會有十萬左右的誤差。」

墨鋒不苟言笑地給予肯定回覆。

李文綺有些脫力地坐回椅背。賴柏耀同樣動也不動，凝重深思。

「如果不希望本店幫忙販售就請離開吧。」墨鋒冷淡地說：「保險起見，最好立即搭車返回原本居住的城市……令尊持有的猩猩之酒只有這樣一小瓷瓶的份量或許是相當幸運的事情。」

聞言，李文綺的怒意終於突破臨界點，忍無可忍地拍桌而起。

「我們立刻就走！」

✣

在踏出咖啡館的瞬間，李文綺宛如忽然從光怪陸離、支離破碎的夢境中清醒，眼前豁然開朗，悶熱耀眼的陽光傾瀉而下，照得眼前的屋舍與林木異常翠綠。

賴柏耀隨後踏出店外，表情同樣帶著大夢初醒的迷茫，用力眨眼。

「我們似乎在裡面待了很久？」

「——靜候客人的下次光臨。」

柳庭柔露出無懈可擊的笑容，站在門邊送客。

誰會再來這種黑店。李文綺皺眉狠瞪，接著看見蘇欣欣強硬從門邊擠出來，用手肘強擠著柳庭柔的腰，不禁率先側身讓出道路。

蘇欣欣無視著柳眉直豎的柳庭柔，揮手大喊「墨哥明天見」，隨即蹦蹦跳跳地踩著石磚，從咖啡館旁邊牽出一台亮藍色的越野腳踏車，俐落抬腳跨上去。

柳庭柔狠狠瞪了一眼，掩起大門。

「說起來，附近有什麼景點嗎？」賴柏耀問。

「……墨哥不是講了要你們快點回家嗎？」蘇欣欣皺眉反問。

「我們有預約一間民宿了。」

「人家覺得最好聽墨哥的話啦，你們就是過來尋求建議的不是嗎？」

「妳不是店長的女朋友？放著他們獨處沒問題嗎？」李文綺故意這麼問。

「放心啦，如果只有兩個人在場，墨哥的戒備會提升到前所未有的境界，庭柔姊大概會直接被當成透明人。那麼掰掰。」蘇欣欣無所謂地聳肩，踩動越野腳踏車的踏板，順勢滑行一小段路後加快速度，眨眼間就消失在街道彼端。

賴柏耀和李文綺挽起手，經過一台停放在路旁的高級轎車，原路折返。

天空依然晴朗，蔚藍遼闊。

方才在短時間內接受到過多情報，兩人都沒有交談，各自思索，直到經過一間便利商店的時候，賴柏耀說著要去買瓶飲料解渴，逕自踏入自動門。

李文綺看著被鬆開的手，慢了一拍才急忙跟上，站在雜誌區隨意瀏覽著光鮮亮麗的封面，接著忽然覺得其中一個對著鏡頭展露笑容、身穿套裝的幹練女性頗為眼熟。

好半晌，李文綺才想起來曾經在電視新聞看過「柳庭柔」這個名字，正是跨足營建、餐飲、銀行、媒體、出版等多方領域「群聯集團」的社長獨生女。

出於某種連自己也無法理解的情緒，李文綺拿起那本雜誌走到櫃檯結帳。

在店員刷著條碼的時候，李文綺暗中計算兩人的年紀，最後得出柳庭柔目前是二十二歲，只比自己大上一歲。話雖如此，至今為止所度過的人生經歷應該是雲泥之差吧。

收下發票和零錢，李文綺踏出自動門，繼續盯著那本雜誌的封面，直到肩膀被拍了一下才猛然回神。

「怎麼先結帳了，這樣少湊到一點點數耶。」賴柏耀單手拿著兩瓶綠茶，好奇地問：「妳會買雜誌還真是少見……嗯？這本是財經雜誌吧？為什麼忽然想要看這個？」

「封面。那間敲竹槓爛店的服務生。」

李文綺將雜誌反轉，舉到賴柏耀面前展示。

「看起來挺像的，不過只是湊巧吧？這個集團的獨生女是千金大小姐，根本沒有必要來咖啡館工作呀。」

「同一個人，名字也一樣。」

「真的嗎？」賴柏耀不相信地笑著說。

李文綺放棄爭辯，不過依然緊緊捏著雜誌。

失明的咖啡館店長、大財閥的千金小姐以及看似平凡的高中少女，每個人身後似乎都帶著龐大的謎團，話又說回來，那些事情放在「這個世界其實存在著妖怪」的事實面前又似乎不值一提。

李文綺嘗試著將縈繞內心的各種情緒整理出先後順序，可惜遲遲沒有進展，再次回過神來，已經抵達賴柏耀事先預約好的民宿門口了。

抬頭看著眼前那間充滿家庭氣氛的老舊建築物，李文綺果斷放棄思考。

民宿是從外觀就看得出來原本是普通住家。雖說有進行裝潢，堆放在玄關角落的雜物、掛在牆面的老舊風景油畫和緊鄰著玄關走廊的廚房依然令建築物內部充滿揮之不散的生活感。

兩人向過度熱情的民宿老闆娘登記完住宿確認，前往位於二樓的房間。房間相當寬敞，扣除各種老舊的大型傢俱依然比起台北租賃的套房更大。

李文綺張開雙手躺在碎花圖樣的床鋪，深深吐息。

賴柏耀坐在梳妝台前的圓凳，將小瓷瓶放到桌面。

空調運轉得不太順利，出風口一直發出「喀、喀、喀」的輕微聲響。

「原本只是抱持著死馬當活馬醫的想法過來看看，沒有想到士玖學長會介紹這麼專業的人士。」

「專業嗎？」

李文綺忍不住冷哼。

「全部都是那位店長的片面之詞吧，從頭到尾沒有拿出實質證據……說不定那個瓷瓶其實是某個朝代的珍貴古物，為了騙我們賣給他才會胡扯一些妖怪啊、猩猩啦的內容。」

「文綺，凡事謹慎是妳的優點，不過也該承認這件事情啦。詐騙集團不會使用這麼拙劣的謊言，那位店長並沒有說謊。」

「反向思考才會讓人上當啊。」

李文綺低聲反駁，卻也知道否定了這點不啻於否定了賴柏耀的「體質」，緊接著，被瞞騙的煩躁再度湧現，當下粗魯地從行李取出換洗衣物，逕自踏入貼滿馬賽克磁磚的浴室沖澡。

十多分鐘後，李文綺一邊用毛巾擦拭著髮尾一邊走回床邊坐下。
賴柏耀依然保持著相同姿勢，坐在梳妝台凝視著小瓷瓶。
李文綺喊了幾聲都只聽見心不在焉的回應，不悅抿起嘴，起身走到窗邊眺望街景。時間在不知不覺間來到傍晚，天空被夕陽染成濃烈的橘橙色。那是在都市很難見到的顏色。
李文綺站在窗邊好一會兒才偏頭詢問：
「那麼你打算怎麼處理那瓶酒？喝掉嗎？還是送給喜歡酒的朋友？」
「……妳是認真的嗎？」
「什麼意思？」
「剛才那位店長說了這樣幾口分量都不到的一小瓶就值一百萬。」
「我對此保持懷疑的態度。」李文綺搖頭說：「怎麼可能賣到那種價錢，就算真的是妖怪釀的，聽起來也沒有保持青春、長生不死之類的效果，就只是比較稀少的酒吧。」
「對於某些收藏家，葡萄酒可以賣到幾億的價錢。」
「你從哪裡知道那種奇怪的小知識？」李文綺反問。
「總該做一點事前準備啊，而且在出發時就大概猜到裡面是酒了。」
賴柏耀搖了搖手機。
李文綺抿起嘴唇，轉而問：「為什麼沒有告訴我那些事情。」
「這點真的抱歉……不過除了家人之外，我並沒有和任何人說過這件事情。這種體質不是什麼值得大肆宣揚的事情，如果因此被特別對待，我也反而很彆扭。」

「總該跟我提一聲吧。」

「遲遲沒有適合的時機呀。」賴柏耀苦笑著說：「如果突然沒頭沒尾地告訴妳，肯定會被扔白眼，還有可能強迫我去精神科檢查……不如說妳絕對會這麼做吧。」

李文綺蹙起眉頭，倒也無法果斷否認。

「對吧。」

賴柏耀輕笑幾聲，起身將硬殼後背包放到床鋪中央，謹慎地從中取出一個用棉布層層包裹的物品。裡面是年代久遠的深色酒甕。表面有著精緻的菱形凸紋，殘留著些許灰塵。

凝視著那個足足有小瓷瓶數十倍份量的酒甕，李文綺忽然意識到賴柏耀如此著急與緊張的真正理由，卻無法順利理解，吶吶地問：

「這個是原本的分量嗎？」

「據說那位店長的個性陰晴不定，有過直接破壞客人物品的前例，因此士玖學長建議分裝出一小瓶內容物讓他鑑定。」

賴柏耀勾起嘴角，拍了拍酒瓶。

「這個是原本的分量嗎？」

李文綺又問了一次，卻依然沒有得到回應。

「妳知道我家爸媽離婚了對吧？其實打從那次無預警的鬧失蹤之後，家裡的存款就不停減少，而且是以相當露骨的速度。父親總是用一些『借錢給朋友』或『投資』之類的藉口搪塞，連我也看得出來那是謊言。母親認為父親在日本有一位情人，最後才導致離婚這個結局……現在想來，大概是父親反覆前往日本試圖參加位於海邊的妖怪宴會，甚至透過各種手段打聽出猩猩的所好之物，藉此交換猩猩之酒吧。」

賴柏耀說到這裡，難以遏止地露出燦爛笑容。

「家裡倉庫其實還有十幾甕的猩猩之酒喔，整齊放在地板角落的暗門下面，如果這樣一小個瓷瓶就可以賣到一百萬，倉庫那些少說也有上億的價值。」

李文綺一時之間無法理解這個金額的龐大之處，愣愣地保持沉默。

賴柏耀相當興奮地談論著那筆錢的用途，從股票、轎車和房產，漫無邊際且極其膚淺，說是揮霍浪費也不為過。

李文綺突然感到頭昏目眩，同時有種異樣感在身體內部逐漸蔓延。

成為戀人的這段時間，兩人也曾經談論過關於未來的計畫。有時是進入睡夢前在枕邊的款款絮語；有時是在社團辦公室的隨口閒聊，帶著空想與不切實際的期望，然而那些內容也遠遠比起現在聽見的「環遊世界」、「休學」等等詞彙還要來得真實。

好不容易等到一個喘息的空檔，李文綺開口問：

「司法考試怎麼辦？你不是為此準備了很久嗎？」

「……妳在開玩笑吧？」

賴柏耀拍了拍酒甕，表示擁有這筆財富之後何必再去在意那些事情。

李文綺逐漸感到那股異樣感轉化為疑惑與氣憤，沒有時間好好整理就脫口而出地喊：「那是兩回事吧，你本來就不是為了錢才選擇這個科系……才定下那份目標啊！」

「話不能這麼說吧。」

「明明就一樣！」

賴柏耀被掃了興致，露出無奈神色，小心翼翼地將酒甕放到梳妝台桌面，說著「先冷靜一點再談吧」就拿起換洗衣物走進浴室。

比想像中更加刺耳的水聲頓時響徹房間。

李文綺依舊焦躁不已地不停繞圈踱步。片刻，她突然抬頭緊緊盯著那瓶酒甕，在尚未釐清想法之前就放輕動作地將之收回硬殼後背包，大步離開房間。

✣

中興新村的夜晚宛如不同世界。

遠離主要道路就幾乎看不到行人與汽機車，兩旁屋舍都沒有發出燈光，距離略遠的一盞盞路燈散發著橘色光芒，深沉且晦暗，令人懷疑是否在抵達柏油路面的途中就消散無蹤了。視野所及的景色帶著一層朦朧，輪廓隨著光影晃動。

手機的手電筒功能聊勝於無地照著人行道石磚。

李文綺信步前進，想要利用狠狠踩踏地面的反作用力驅散縈繞內心的煩躁情緒，偏偏效果不佳，只好繼續加快速度，再度回神的時候已經無法分辨所在位置了。

「在這裡迷路也太蠢了……」

李文綺站在一座陸橋旁邊，環顧看不到其他人身影的兩端道路，暗自反省這個沒有意義的衝動行為，姑且打開手機的定位軟體，準備返回民宿。

這個時候，窸窣聲響在近處響起。

李文綺立即決定遠離這個偏僻無人的場所，快步穿越街道，不安感卻不減反增，隱約覺得一直有人跟在後面。

趁著在通過轉角的時候，李文綺假裝不經意地扭頭察看。

行道樹拉出的陰影隨風搖曳，營造出詭譎怪誕的氣氛。視野當中隱約可以看見一個身穿破舊衣裝的矮小身影。

——難道是妖怪的猩猩嗎？

為了搶回自己手上的酒？

猜測毫無由來地浮上心頭。

李文綺忽然覺得有滴冷汗滑過脊背，緊接著是迅速擴散的恐懼和膽怯，不禁加快腳步，沿著人行道快步跑著，只要看見巷弄就立刻拐彎，試圖甩掉對方。

「為、為什麼走了這麼久都沒有碰到其他人……可惡，記得剛剛有經過警察局和便利商店啊，到底在哪裡……」

李文綺焦急抱怨，接著在踏出一條巷弄的時候猛然發現自己回到了兩側栽種著茂盛行道樹的主要車道，儘管如此，在感到安心之前就因為超乎現實的景象愣住了。

「……咦？」

只見上方的行道樹枝幹盤踞著一個巨大物體，軀幹佈滿異樣光澤的青藍色鱗片，身軀延伸出無數頭部。此時此刻，那隻多頭巨蛇的每顆頭顱都緊緊盯著自己，各自吐出蛇信。

李文綺知道應該轉身逃跑，偏偏動彈不得，只是思緒異常清楚地凝視著那隻巨蛇，甚至可以在圓弧形的蛇牙表面看見自己的倒影、淡藍色的毒液以及從四面八方兇狠咬來的其他蛇頭。

——死定了。

下一秒，一名拄著拐杖、披著長袍的黑髮男子不疾不徐走到街道中央，理所當然地介入李文綺和青藍色巨蛇之間，正是不久前才在咖啡館見過的店長墨鋒。

墨鋒半舉起拐杖，將末端對準青藍色巨蛇，畫起獨特軌跡。

下個瞬間，青藍色巨蛇就像被無形的繩索綑綁，從樹梢跌落至柏油路面，使勁掙扎卻無法掙脫。

「——真會給人找麻煩。不是叫你們快點離開了，為什麼依然待在這裡？而且竟然在夜晚帶著沒有術法封印的猩猩之酒到處亂晃，豈不是正面挑釁那些嗜酒的妖怪嗎？想要自殺也不是這樣的找法吧。」

墨鋒破口大罵。

李文綺完全無法理解情況，沉默地張大著嘴。

「人類貿然染指妖怪的物品，通常都不會有好下場。」

墨鋒持續小幅度地晃動拐杖末端，依序指向每一顆蛇頭，同時渾身散發著冷冽的撼人氣勢，逼得青藍色巨蛇逐漸放棄掙扎，片刻才朗聲喊：

「那邊的傢伙也請出來吧，明明躲著卻毫無隱藏氣息的意思，真不曉得究竟在想什麼，想要貪圖猩猩之酒嗎？或者有其他目的？」

數秒後，一名身穿碎花襯衫的佝僂老者將雙手負在身後，慢條斯理地從陰影處走出。由於穿著木屐的緣故，每次邁步都會發出喀啦、喀啦的聲響。

在看見那名老者的瞬間，李文綺忽然感受到一種難以言喻的畏懼感，腰部完全失去力氣，回過神來才發現自己坐倒在街道，即使努力想要站起身子也無法。

「咦？為、為什麼……」

「古宵老爺子，您在就出個聲啊。我還以為是哪個家族的人偷偷躲在旁邊指使八歧蛇，始終留了一個心眼。」

墨鋒猛然散去殺氣，躬身行禮。

聞言，佝僂老者不悅搖頭。

「連人類和妖怪的氣息都分不出來，你小子的修練也落下了。」

「您無法算是普通妖怪吧……」

「話又說回來，小子，老朽將地盤的秩序交付給你管理，可不是想看到八歧蛇在入夜街道捕食一般人類，如果血腥味引來了更多妖怪豈不麻煩，難得的寧靜都被打亂了。」

「非常抱歉。既然老爺子親臨，這邊就交給您處理了。我立刻帶這個女人離開此地，不打擾您的清閒。」

「說什麼傻話？豈有將擅自作亂的妖怪扔給他人處理的道理。」

「我充其量只是代理。既然中興新村的主人已經出面，自然該當退下。」

「那麼老朽就在此將這件事情交由你負責吧。」

墨鋒和佝僂老者都不再說話，彼此僵持好一會兒。

片刻，墨鋒才再度開口：

「老爺子，請恕我直言，這隻八歧蛇並非原本定居此處的小妖小怪，妖力超過平均水準，前來此處向您挑釁的可能性極大，途中偶然發現猩猩之酒才失去理智地襲擊人類，換句話說，這是您的責任。」

「畢竟八歧蛇的所好之物就是酒呀，當年那隻快要攀上神格的也是因為八顆頭同時都喝得爛醉才會被十拳劍給斬了下來，經過千百年的時間，後代卻完全不會吸取教訓，真是愚蠢。」

「老爺子，請不要轉移話題。我一介失明的落魄除妖師平時管理這麼一大片地盤已經足夠費神勞心了，現在這種責任以外的加班可是敬謝不敏。」

「這點也在當初的協議當中。老朽說了讓你去解決。」

語畢，佝僂老者擺出一副話題已經結束的模樣。

墨鋒無奈咬牙，卻也不再爭辯，握緊拐杖再度轉向八歧蛇。

無法介入話題也沒有被提及的李文綺不曉得這種時候該做何反應，只好繼續坐在原處。

這個時候，八歧蛇總算掙脫束縛，威嚇似的拱起身子，即使震懾於古宵散發的龐大妖力，卻依然伸直兩顆腦袋，試圖從外側咬住放有猩猩之酒的硬殼後背包。

「這種時候還奢望著猩猩之酒，非得把幾顆頭砍下來才願意離開嗎！」

墨鋒沉聲大喝，用力揮落拐杖。

拐杖末端距離八歧蛇還有數公尺的距離，卻像是正面劈中似的令蛇身一陣痙攣。八歧蛇張嘴發出尖銳悲鳴，立刻從旁邊草叢滑入橋梁下方的溝渠，眨眼過後就失去了蹤影。

李文綺遲來地意識到自己死裡逃生了，急促喘息。

墨鋒拄著拐杖緩緩走到橋邊，似乎在確認八歧蛇是否確實離開了。

「人類的小姑娘，這甕猩猩之酒就當成救命的報酬吧。」

古宵逕自走到李文綺身旁，連同硬殼後背包一起拿走，頭也不回地轉身離開。

佝僂身影很快就消失在街道彼端。

雖然是價值百萬的酒，李文綺出乎預料地沒有任何不捨，反而有些如釋重負。

「明明交了高額費用，卻看著我被當街搶劫，什麼都不管嗎？」李文綺斜眼問。

「兩位客人所繳交的費用只是『諮詢費』，對此，我自認為已經給出同等甚至超額的情報，最後也好意提醒兩位盡快離開此處以免因為揭開封印的猩猩之酒被妖怪盯上。」

「太模糊了吧。」

「這點就見仁見智了，再者，倘若你們不打算將猩猩之酒交給我轉售，自然應該承受這麼做的結果，無論下場如何都沒有理由抱怨。要是不希望猩猩之酒被搶走，大可正面反抗八歧蛇……以及古宵老爺子。」

李文綺一時語塞，意識到自己其實死裡逃生了「兩次」。

墨鋒微微嘆息。

「這是最後忠告，如果想要過著普通生活，今後不要再插手妖怪的事物了。」

「……有辦法回到原本的日子嗎？我現在都可以清楚看見妖怪了。按照在店的說法已經不能夠算是普通人了，不是嗎？」

「沒想到妳竟然有記住談話內容。」

「攸關性命的話怎麼可能隨便了事。」

「說得也是，是我失禮了。」墨鋒頷首致歉，繼續說：「這點無須擔心，妳和那位賴先生接觸妖怪事物的時日尚短，方才能夠看見八歧蛇也是因為場所、時間與心理狀態等諸多偶然交會產生的意外結果，只要今後別再主動接觸相關事物，可以保證不會再度見到妖怪。」

「……但是我怎麼知道哪些東西和妖怪有關。」

「妳也不曉得何時會發生車禍吧，抱持著類似的心態即可，況且妖怪已經徹底融入現代社會當中，有時候即使和妖怪相處很長一段時間依然沒有自覺。彩券的得獎者就是一個很好的例子，幾十、幾百萬的小獎還有可能是偶然的幸運，若是以億為單位的首獎，則大多和貔貅或金蟾有關。」

墨鋒停頓片刻，補充說：

「如果依然不放心，歡迎帶著心裡有底的那項物品前來位於中興新村的黑貓咖啡館，只要支付每人一萬元的諮詢費，身為店長的我將知無不言。」

「我可絕對不想再踏進那家敲竹槓的咖啡館。」

「如果將來有機會接觸其他除妖師，就會知道一人一萬的價格其實相當便宜，更別提還有附贈咖啡。」

「即溶咖啡。」

墨鋒沒有理會這個諷刺，雙手將拐杖拄在正前方。

李文綺原本以為他打算替方才趕跑妖怪的行為收錢，接著幾乎在同一時間又想到擁有大量猩猩之酒的現在其實不需要為了錢感到困擾。這份想法似乎與方才的賴柏耀沒有差異，不如說，明明討厭那筆意外橫財卻又在需要的時候進行取用，從某方面來看更加惡劣。

「……還有什麼事情嗎？」

「態度不必這麼帶刺。妳身上還沾有淡淡酒味，如果放著不管，天曉得在回程途中會被什麼不長眼的妖怪纏上，到時我又得聽那老頭嘮叨上大半天的時間，兩相權衡只好多待一陣子了。真是的，竟然拿了酒就走，也不會順便蓋掉這些氣味，明明只是舉手之勞……」

聞言，李文綺急忙左顧右盼，卻沒有在街道、樹叢或屋舍的陰影處看見非人生物的身影，這才略為安心，旋即想到一個人待在民宿的賴柏耀，急問：

「這裡是哪裡！距離市中心有遠？」

「如果妳在擔心那位賴先生，他的體質是天生不受妖怪喜歡的那種，沾著些許酒氣並不會引起注意，不如說，妳現在回去反而加重酒氣濃度，引來危險。」

「還有那種體質嗎？」

「當然，他感覺得到妖怪等怪異事物的存在卻相安無事地度過這麼多年就是這個原因。萬幸的是妳沒有喝也沒有直接觸摸到猩猩之酒，大概兩、三個小時就會讓酒氣散去了，這段時間就隨便找個地方打發時間吧。」

「……這種鄉下地方有打發時間的場所嗎？」

「中興新村並不算鄉下。」

「不不不，已經足夠鄉下了。明明才天黑不久，整個小鎮的燈光就全部都暗了下來，剛才甚至有八顆頭的蛇光明正大地出現在街道耶！直接盤踞在那棵樹上面耶！然而沒有汽車經過也沒有其他人看到，如果這種情況還不算鄉下那麼全世界也沒有鄉下了！」

李文綺方才壓抑的情緒一口氣爆發出來，激動地說。

墨鋒沒有爭辯，不置可否地用拐杖敲了兩下街道，轉身離開。

「走吧。」

雖然有些不情願，李文綺還是默默跟在後面。

兩人一前一後地走在夜晚的中興新村街道。人行道邊緣都是栽種著繁盛林木的草坪，堆著落葉枝幹，踩到所發出的聲響會傳得很遠，比起偶爾從遠處傳來的引擎聲或人聲還要響亮。

李文綺謹慎挑選著落腳處，暗自疑惑為什麼走在前方的墨鋒明明看不見，卻理所當然地邁步。

「——只是習慣了而已。當初搬過來這裡的時候有好幾次都差點被車撞了，也曾經走到莫名其妙的山道，費了好一番工夫才總算回到市區。」

墨鋒精準察覺到李文綺的內心疑惑，開口解釋。

「你在這裡住很久了嗎？」

「高中畢業算起……也差不多十年了。」

墨鋒說完，逕自拐入路旁僅容一人通行的狹窄巷弄。

李文綺不禁對於眼前那樣似乎很容易出現妖怪的場所感到抗拒，然而墨鋒完全沒有等待的意思，越走越遠，遲疑片刻還是只能咬牙跟上。

巷弄內的溫度驟然降低，氣氛也隨之改變，迴蕩著弔詭的靜謐。視野所及之物只有兩側超過身高的砌石圍牆、路旁縫隙的雜草以及不曉得會通往何處的晦暗前方。

李文綺正覺得有些似曾相似，接著才想到踏入黑貓咖啡館時也有類似感覺。

十多分鐘後，墨鋒在一間民宅前面止步。

中興新村的屋舍大多是一、二層樓的紅瓦建築，有著蔓草叢生的前庭、戶外車庫的遮雨棚以及隨意用鐵皮補修的圍牆或屋頂，只有在主要幹道和高中、郵局等建築物周邊才會看見較為現代化風格的鋼筋混凝土建築。

此刻，眼前這棟民宅就是中興新村的典型建築。

越過半倒塌的磚頭圍牆與柵欄鐵門就是佈滿雜草的前庭和通往大門的踏腳石，屋舍旁邊用生鏽鐵片與木材架搭建出稍嫌歪斜的小儲藏室，角落則是堆著各種紙箱、雜物和一台鏽跡斑斑的手推車。

屋頂紅瓦大半都破碎、遺失了，露出黃褐色的基底。

久經日曬雨淋的破舊當中卻有一種契合周遭環境的獨特氛圍，在灑落的皎潔月色當中更是如此，令李文綺不禁看得入迷。

墨鋒用拐杖推開沒有鎖的柵欄鐵門，逕自踏入前庭。

「慢著，這是違法侵入住宅吧？」

「別緊張，原本住在這裡的老婆婆將一把備用鑰匙寄放我這邊，以防萬一，作為偶爾過來巡視的謝禮，隨時可以進來喝飲料。」

「……喝飲料？」

「地方名產的酸梅湯，婆婆親自熬煮的。那邊應該有一台手推車吧，每個星期有幾天，婆婆會拉著那個到公園販賣，我偶爾也會去幫忙顧攤子。」

李文綺暗自疑惑為什麼已經在經營賺取暴利的咖啡館還需要兼差，隨口問：

「中興新村的名產是酸梅湯？」

「大概吧，小丫頭也說過從小就經常喝。」

「只靠這點就認定是地方特產也太隨便了……」

墨鋒搧搧手結束話題，熟門熟路地走進屋內，途中卻被放置在通道中央的矮凳絆了一下，嘟囔著「婆婆又沒有好好收拾」。

小心翼翼跟在後方的李文綺打開電燈，環顧充滿生活感的房間，低聲問：「那位婆婆不在家嗎？」

「她在草屯還有好幾棟房子，平常都跟兒女住在那邊。」

「……既然如此還來賣酸梅湯？」

「這個又是另外一個故事了。」

「何必故意講得那麼神祕。」

墨鋒沒有回答，從廚房冰箱取出裝滿酸梅湯的寶特瓶，倒了兩杯。

「因為不是咖啡，諮詢費就免了。」

李文綺用雙手接過紙杯，小啜一口。略帶苦味的果汁頓時滲入體內。

墨鋒單手捧著自己那杯與拐杖，流暢地將物品歸位。

墨李兩人離開屋子與巷弄之後又走了一小段路，來到公車候車亭，保持距離並肩坐在面對馬路的長椅。

李文綺低頭凝視杯中緩緩晃出漣漪的赭紅色液體。

一隻白色小貓不疾不徐地從巷子走出來，盯著兩人看了好一會兒就失去興趣，蹲在草叢旁邊蜷曲著身子，不時伸出前掌拍打草梗。

李文綺看著小貓好半晌才轉動視線，望向身旁悠然喝著酸梅湯的墨鋒，率先開啟話題。

「為什麼你要經營咖啡館？」

「雙眼失明之後，我已經無法負擔除妖師的工作，必須從第一線退下，然而缺乏謀生手段，只好將除妖師時代的經驗與知識當成商品販賣給像妳們這樣有需要的普通人，藉此謀生。」

「所以也真的有除妖師啊……」

「當然。」

李文綺一時之間不曉得該做何反應，片刻才再度開口：

「只要接觸到妖怪的物品就無法回到正常的生活嗎？就像柏耀的父親一樣，沉迷於猩猩之酒無法自拔，最終導致家庭破裂，不得不離婚收場。」

「本來就沒有所謂正常的生活。」

「……什麼意思？」

「妖怪的物品是一個經由點，對於某些人而言則是轉捩點，然而人生並不會因此出現劇烈改變。這件事情是結果，並非原因，將所有後果歸咎在妖怪的物品是錯誤且愚蠢的行為。」

「這個只是言語遊戲吧，追根究柢，如果我們沒有找到那些猩猩之酒就不會變成現在這種局面了。」

李文綺難掩煩躁地深深嘆息。

「柏耀簡直就像變成了另外一個人，輕易拋棄那些過去視為目標與夢想的重要事物，說著不切實際的妄想……過一陣子可能會冷靜下來，然而如果接下來還是那樣該怎麼辦？說不定會試圖去日本買更多的猩猩之酒回來轉賣。」

「所以說，妳的前提錯了。」

墨鋒平靜反駁：

「傍晚也說過那是對於人類無害的酒精飲料，更不可能擁有蠱惑人心的效果，賴先生的態度轉變與猩猩之酒無關……或者該這麼說吧，如果他中了彩券首獎也會出現類似的反應。」

李文綺心底某處知道這是事實，也正因為如此才無法接受。

放在後背包的那壺猩猩之酒被拿走了，然而賴柏耀的老家倉庫依然有大量存貨，事態完全沒有好轉。在清楚明白猩猩之酒會引來妖怪覬覦的此刻，李文綺寧願全部將之倒進陰溝，一了百了，然而如果那麼做，肯定不會得到賴柏耀的原諒。

轉捩點。

李文綺想起方才墨鋒刻意強調的這個詞彙。

現在確實是自己人生的轉捩點。

接受並變賣猩猩之酒，利用那筆財富過上全新的生活；說服柏耀放棄猩猩之酒，回到原本的平淡日常；或者連分手也是一個選項。

此刻做出的選擇會影響今後數十年……甚至更久的將來。

李文綺握緊空掉的紙杯，深深吐出一口氣。

「如果有再次選擇的機會，你會做出相同的選擇嗎？剛才刻意避重就輕，不過那雙眼睛也是因為妖怪……或者說妖怪相關的物品才會失明吧。如果打從一開始就沒有接觸這個世界，說不定現在還看得到，過著完全不同的生活，你難道不曾這麼想過嗎？」

「我的家族歷代都以除妖為業，我也不後悔出生在這個家裡。」

「……我不瞭解那種家族的內情，但是總不可能沒有任何一個人放棄繼承家業吧。」李文綺不屑說完，忽然用雙手摀住臉，低聲說：「抱歉了，今天一整天實在發生太多事情了，讓我無法好好管理情緒。這件事情本來就與你無關，而是我和柏耀應該決定的事情。」

「我不介意，至今為止也遇過更加不講理的客人。」

「……這樣也有罵到我吧？」

墨鋒沒有回應，繼續說：「未來已經決定了，人們能夠做的事情只有選擇一個當時認為最為恰當的決定，堅持走下去。」

「到底是什麼意思？不能夠講得簡單一點嗎？」

「妳無法說服賴先生。今後，他將數次前往日本，依照父親留下的零碎訊息試圖取得猩猩之酒，相當幸運的，擁有與父親相似氣息的他偶然進入猩猩酒宴的機率很高，能夠得到大量的猩猩之酒，進行變賣。賴先生意外地頗有經商才能，利用那筆本金進行投資，數年內就獲得普通人一生也無法獲得的龐大財富。儘管如此，這些事情都與妳無關，即使現在選擇陪伴在他身旁，大學畢業就會因為價值觀的差距分手……妳會成為公務員，過著理想中平靜且毫無波瀾的生活，在三十四歲和上司結婚的時候辭職，成為專職主婦，婚後生有三個孩子，兩女一男，八十五歲的時候，在孩子與孫子的圍繞之下於醫院病床平穩地去世。客觀來看，那是一段很幸福的人生。」

伴隨著墨鋒的流暢嗓音，這些內容清晰地浮現腦海，李文綺不由自主地感到竄過脊背的戰慄，啞然開口：

「你、你們不僅會驅除妖怪，難道連預言也辦得到嗎？還是說這是某種妖怪物品的功能？但、但是……這麼輕易就斷言了我的未來也太……」

「確實有些除妖師擅長占星、諭示與卜掛，然而說來不巧，我對此沒有深入研究，方才說的這些內容只是基於已知情報的隨口胡扯。」

李文綺不禁愣住了，思考好幾秒才理解，正要發怒的瞬間卻發現有道風壓掃過鼻尖，反射性地將聲音嚥回喉嚨。

墨鋒順勢將拐杖轉了一圈，再度擱在手邊。

「這個就是我所說的『關鍵』……從此以後不沾手任何妖怪的相關物品，或許會風平浪靜地度過一生，也或許打算今天徹夜趕回台北的途中發生車禍，意外死亡；反過來思考，利用猩猩之酒賺取大量財富也並非壞事，或許將來的某一天妳將罹患重病，雖非不可治癒卻需要龐大醫療費用，屆時賴先生利用那筆財富的鳳毛麟角送妳至全球最先進的醫院接受治療，順利痊癒，幸福快樂地度過接下來的日子。」

「但是這些……依然都只是假設吧？」

「沒錯，毫無根據的假設。」墨鋒聳肩說：「不過所有假設的其中一個會成為現實。」

這個瞬間，李文綺總算聽懂了。

未來有無限多種的可能，此刻所做出的決定會大幅影響那些未來，然而無法列入計算的意外與變數卻更多，只要決定並且付諸行動，原本空想預設的未來就變得不再重要。

站在轉捩點的時候做出決定，持續走下去，直到再度站在下一個轉捩點。

事情只有這麼簡單。

「當然了，身為普通人的你們決定與妖怪繼續產生牽扯就要有所覺悟。如果不想喪命，本店也可以提供關於護衛的諮詢，根據規矩，詳細內容就請再來店裡點杯咖啡了。」

墨鋒的語氣稀鬆平常，就像在說著一件微不足道的瑣事。

換作是不久之前，李文綺肯定會因為那種態度感到氣憤，不過現在知道墨鋒並沒有不屑或輕視的意圖，只是平靜述說事實。

「雖然故意裝出冷淡模樣，你的個性其實挺爛好人的，這種時候還在擔心我們。如果態度緩和一些，生意或許會變好喔。」

「……多管閒事。」

李文綺發出輕笑，把空紙杯扔進旁邊的垃圾桶，用力伸了一個懶腰，抬頭從枝葉的縫隙窺探夜空。

「幾乎看不到星星耶，明明是鄉下的說。」

「所以說了這裡並不是鄉下。」

「真堅持這點……我現在可以回去了嗎？」

「沒有問題，猩猩之酒的香味已經稀薄到幾乎沒有了。」

墨鋒橫舉起拐杖。

「沿著這條路直走可以抵達咖啡館。如果依然有麻煩，附近有警察局，妥善利用導航功能就不會迷路。」

「知道了。對於剛才的事情，再次說聲感謝。」

語畢，李文綺轉身邁步。

或許只是錯覺，現在身處的中興新村似乎不同於方才，可以看見許多慢跑、散步的居民，附近公園、運動場也燈光明亮，有好幾組人正在比賽，顯得頗為熱鬧。

李文綺忍不住懷疑剛才是否誤入某種奇妙的結界當中。

畢竟都有妖怪、除妖師了，有結界也不是太過奇怪的事情。

片刻，等待交通燈號轉變的李文綺回頭一瞥，只見墨鋒依舊捧著紙杯，悠哉坐在候車亭的長椅。由月色拉出的影子正好橫跨車道，每當有車輛經過就會迅速閃動。

李文綺暗自祈禱將來都不會有再見到那位店長的一天，邁步前進。

回程相當順利，抵達位於林木當中的黑貓咖啡館，李文綺順利找到傍晚時候走的那條路，經過一整排的商店街與那間便利商店，返回民宿。儘管如此，當李文綺靠近民宿的時候，出於連自己也無法釐清的某種直覺，知道附近陰影聚集了許多妖怪。

看不見身影，卻是確實存在。

暗自腹誹那位失明的咖啡店店長，李文綺也只能夠相信方才賴柏耀的體質令妖怪無法輕易靠近的說法，快步進入民宿。

當李文綺回到房間時，原本以為會被厲聲追問為何私自帶著猩猩之酒離開，不料卻看見坐在床鋪邊緣的賴柏耀雙眼無神地凝視著地板。

「怎麼了嗎……為什麼沒有開燈？」

李文綺緩緩地上前坐到旁邊。

賴柏耀猛然抬頭，用著失魂落魄的語調說：

「家裡……被闖空門了……不久前才接到連絡。」

「阿姨沒有事情吧？」李文綺著急詢問。

「沒事，家裡好像也沒有任何物品失竊，大概吧……不過聽說倉庫被弄得一團亂，猩猩之酒大概全部都被拿走了……該死的，竊賊一定是妖怪。」

聞言，李文綺忽然不曉得該做何反應。

賴柏耀老家倉庫的大量囤貨消失一空，手上的酒壺也被拿走了。方才自己擔憂的事情在不知不覺間得到解決，接下來唯一要做的事情只有說服賴柏耀不再接觸妖怪相關的物品。

「我們手上還有一壺猩猩之酒，沒有問題，幸好還有那壺酒……賣掉就有本金購買猩猩的所好之物，前往日本換到更多的猩猩之酒。沒錯，父親肯定會留下某些蛛絲馬跡，像是記錄著那片沙灘的地圖、大量購買某項物品的發票或是日本當地的紀念品，只要回家仔細尋找就行了……」

「那個已經沒有了。」

李文綺發現自己的聲音比想像中還要來得平靜，沒有不久前的遲疑與怒意。

賴柏耀愕然抬頭。

「……什麼意思？」

「被搶走了。」李文綺停頓幾秒，補充說：「被妖怪搶走了。」

「妳在……說些什麼啊！即使這個世界確實存在妖怪，也沒有那麼容易見到吧？我就從來沒見過……不對，現在的重點是那壺猩猩之酒！為什麼會被搶走！真的嗎？」

賴柏耀用力抓住李文綺的肩膀，狀似瘋狂地問。

「那個不是我們能夠掌控的物品，既然現在偶然脫手了，應該趁機斷絕和妖怪的聯繫。柏耀，你並不想喝猩猩之酒，只是想要藉此賺錢，既然如此，乾脆去販毒也行吧，那個一公克也值好幾萬元，正好和猩猩之酒差不多。」

「兩件事情不能夠相提並論吧……妳舉的例子是違法行為……」

「販賣猩猩之酒的行為更嚴重，那是連法律都沒有規範到的行為。」

李文綺不禁加重音量。

「如果你因為持有猩猩之酒的時候被妖怪殺死了，我該去哪裡求救？該去找誰說明這些事情？

依照你剛剛的猜測，妖怪可是連你的老家倉庫都闖進去了，要是我們繼續拿著猩猩之酒，有什麼保證不會直接遭受襲擊？」

賴柏耀一怔，並沒有出言反駁。

李文綺垂著視線，繼續說下去。

「剛才也說過我因為那壺酒被妖怪襲擊，可能一個不小心就喪命了。我認為比生命更加貴重的事物並不多……至少，錢不在其中。」

「但、但是，這樣會不會太過武斷了，每件事情都會有風險……」

李文綺突然站起身子，一把拿起放在梳妝台桌面的小瓷瓶，無視於賴柏耀的呼喊，大步走到窗邊。

「眼見為憑吧。」

說完，李文綺拔開小瓷瓶的軟木塞，將之放在窗軌。

下一秒，有道暴風狂亂吹入房內。

伸手遮掩的李文綺正好看見有一個黑影迅速掠過窗邊。

即使只能夠勉強看見輪廓，卻清楚知道那不是地球尋常的動物。乍看之下是羚羊，不過臉部佈滿亂毛，牙齒和腳爪異常銳利，前足腋下的部分甚至有類似眼珠的反光物體。

那隻異形妖怪啣住小瓷瓶，然而在落地瞬間，同時有好幾個黑影從各方竄出，彼此爭奪。

尋常貓狗不可能發出的淒厲咆哮頓時劃破寧靜。

話雖如此，異質的景象與聲響轉瞬即逝。再次眨眼，街道已經恢復平靜，只有淡黃色的路燈光芒照在柏油路面。

搶著跑到窗邊的賴柏耀不禁往後癱坐在地板，瞠目結舌地發不出聲音。

李文綺同樣被比想像更加驚悚的畫面嚇得失去力氣，愣愣地往後退到床鋪邊緣才緩緩坐下，好半晌才意識到事情終於結束了。手邊已經沒有任何的猩猩之酒，只要離開中興新村就可以回到一如往常的平靜生活。

日後，只要刻意遺忘這件事情，再也別踏足中興新村和那間咖啡館，或許在數年後就會變成深埋在記憶當中一個不真實的虛幻夢境，連自己也會懷疑其中真偽。

「對了，明天回程之前，先繞去附近的景點參觀吧，那個什麼隧道的。畢竟都搭了那麼久的車。」

李文綺使用什麼事情都沒有發生過的語氣，微笑著這麼提議。

第二章　比翼鳥之骨

對於高中生而言，下課時間的十分鐘相當珍貴。

幾乎所有事情都必須利用這段時間做完，人際關係的發展、考試的準備或作業的抄寫都是如此，然而也有人喜歡什麼也不做，只是悠悠哉哉地在走廊晃上一圈，然後回到座位繼續發呆。

在來來去去的同學當中，蘇欣欣坐在自己的位置，雙手撐著臉頰望向黑板上方的時鐘。不過她並未在發呆，腦袋內的思緒轉得飛快。

今天是星期五，傍晚就是期待一整週的時間了。

一想到此，蘇欣欣就難以遏止地露出笑容，甚至得用掌底按摩自己的臉龐才能夠勉強維持住表情。

蘇欣欣有一份不為人知的祕密打工。

每個星期五的午後六點到七點，前往當地人敬而遠之且稱為「位在那片林子裡的洋館」——也就是黑貓咖啡館的二樓，替店長墨鋒朗讀各種文學作品。

第一次在網路看到這份打工的時候，蘇欣欣還以為是某種粗劣的詐騙伎倆，畢竟光是朗讀一個小時的書籍就可以賺取一千元實在太過優渥了，考慮許久，最後發現雇主的地址就在自家附近才抱持著姑且一試的想法前往應徵，接著在咖啡館面試發現墨鋒的雙眼失明，頓時恍然大悟。

話雖如此，墨鋒不僅獨自打理咖啡館的經營，也能夠流暢處理各種日常瑣事，完全不需要他人的幫助。

最初的前幾週，蘇欣欣依然懷疑過他是一位假裝失明的神棍，總是故意在面前擠眉弄眼地扮鬼臉，做出各種奇妙的姿勢試圖引起反應，然而從來沒有得到任何確切證據。直到某次打工，蘇欣欣意外在那間咖啡館遇到自己以外的客人時才終於理解證據並不重要。

只要自己相信，那麼就夠了。

因為無論其他人怎麼說、怎麼想、怎麼做，世界依然是以自己為中心在運轉。

只要自己相信就會成為事實。

「——話又說回來，墨哥的守備未免太嚴了，無論怎麼進攻都會被擋下，太過火的手段又會被直接無視，到底有沒有那種可以『啪』地一次搞定的最強辦法啊……」

蘇欣欣將臉頰貼在木頭桌面，嘟起嘴自言自語。

「妳還在追那間咖啡館的帥哥店長嗎？」

湊巧回到鄰桌的許佑容笑著問。

蘇欣欣緩緩轉動臉頰，看著身旁那位從國小就一直同班到現在的摯友。

許佑容以方便為理由，總是將長髮綁成兩束三股辮垂在胸前，眼鏡也挑選毫無流行可言的圓框眼鏡，打扮宛如數十年前的平凡女學生，不過蘇欣欣某次在她家留宿時見過剛洗完澡的素顏狀態，無疑是足以登上雜誌封面的美少女。

「嗯嗯，雖然認真告白過三次，都被敷衍帶過了。」

「這麼說起來，我好像沒有問過那位店長到底幾歲……四十歲？五十歲？」

「沒有那麼老啦！應該是二十歲後半吧，記得庭柔姊沾沾自喜地炫耀過自己和墨哥的年紀差不多。」

「那樣根本不算是大叔嘛，真是的，不符合我一直以來想像的畫面。所謂的男人就要留著灰白色落腮鬍，有著寬闊的胸膛和低沉沙啞的笑聲，稍微靠近就可以聞到淡淡的煙草味，這樣才是真正的大叔啊！」

許佑容捧著臉頰，著迷地說。

對此，蘇欣欣冷靜地說：「有時候我真的很擔心妳會被奇怪的人騙走耶。」

「何時才要讓我見見那位店長？」

「人家也很想介紹，但是墨哥很討厭外人啊……假裝在外面偶遇應該比較可行，不過除了去圖書館，墨哥的外出頻率也頗低的——」

蘇欣欣講到一半注意到許佑容忽然開始咳嗽，擔憂地問：

「又感冒了？」

打從在國小教室的初次見面，許佑容的身體狀況就不太好，每次體育課都是待在旁邊休息，更是幾乎每半年就會生一次必須在家靜養好幾天的大病。

「老毛病了。」

許佑容笑著表示不用擔心，又輕咳了幾聲才隨手伸過書包背帶，用掌心捧起一個掛在側邊的御守吊飾。白底綠紋的御守由純白絲線繫著，絲線當中似乎混入了反光材質的金線，隨著晃動閃閃發光。

「那麼妳要買一個可以實現戀情的連理御守嗎？」

「啊啊，最近很流行的那個？好像聽班上的誰講過，只要配戴著就可以實現戀情……完全是沒有根據的謠言吧。」

「我倒是覺得應該很靈驗喔，雖然最近才買到就是了。」

「實現了嗎？」

「還在努力中。」許佑容笑著這麼說。

這個時候，上課鐘聲正好響起。

同學紛紛回到座位，許佑容也開始拿出抽屜的課本，令蘇欣欣來不及追問她現在暗戀的對象究竟是誰……

✥

一等到放學鐘響，蘇欣欣早早就收拾好書包，等到叨叨絮絮交代完作業的老師宣布下課就喊了聲「容容再見！保重身體！」，迫不及待地踏出教室，大步穿越走廊，率先跑進位於校庭角落的腳踏車棚，騎著越野腳踏車離開校門。

充滿綠意的街景從視野兩側飛快流逝。

小時候，蘇欣欣曾經埋怨過自己住在一個缺乏娛樂的城鎮，沒有辦法體驗放學後去唱歌、逛街的生活，不過成為高中生才意識到自己在同一座城鎮生活了十多年卻從來沒有在申請學校時填寫外縣市的校名，說不定下意識地不想離開中興新村。

不過也因為如此，自己才能夠看見那則招募打工的消息，進而認識墨哥。

「——命運的紅線真是不可思議呢！」

蘇欣欣加快踩踏踏板的速度，傾斜重心讓越野腳踏車繞出一個弧形滑過下坡，快速經過公園、涼亭、麵包店和一整排沒有人居住的空房子，在數分鐘後抵達黑貓咖啡館。

將腳踏車停放在旁邊草坪，蘇欣欣急忙整理服裝和被風吹亂的頭髮。

從半透明的窗戶向內看去，黑貓咖啡館一如往常地沒有任何客人，頗為冷清。蘇欣欣一邊感受著環繞在建築物周遭的獨特氣氛一邊朗聲喊著「人家進來囉」，推開掛著「休息中」木牌的大門。

清脆鈴聲響起。

過去幾天都迫不及待地盼望著這個時刻，蘇欣欣忍住興奮情緒，抬頭挺胸穿過收拾整潔的吧檯和桌椅區，從內側樓梯走到二樓書房。房間的三面牆壁都擺放著天花板高度的大書櫃，藏書超過數千，甚至必須堆疊橫放。

其中有關於妖怪的書籍，也有普通的文學小說。

「今天依然相當準時，謝謝了。」

墨鋒坐在房間角落的扶手椅，平靜開口。

矮桌已經放著兩杯咖啡。香氣濃醇，光聞香氣就知道和平時用來招待客人的即溶咖啡是截然不同的高檔咖啡豆。

蘇欣欣其實從來不喜歡喝咖啡，無論加了多少的糖和奶精都無法蓋過咖啡本身的那股澀味，然而墨鋒泡的咖啡就很好喝。

「墨哥好！今天也是美好的一天呢！」

蘇欣欣迅速將書包放到牆邊，雀躍地打招呼。

「請問今天要讀的作品是哪些？」

「右邊書架的最上層。」墨鋒說：「前幾天想要重溫莎士比亞的作品，考慮了許久依然無法做出更進一步的決定……說起來，小丫頭，妳有讀過嗎？」

「人家知道比較著名的故事橋段喔。在補習班讀過英文版的《哈姆雷特》和《仲夏夜之夢》片段，完整故事的話只知道《羅密歐與茱麗葉》。」

「那麼正好，妳就依照書名挑選一本看起來覺得不錯的作品吧。我也很期待妳第一次的閱讀反應。」

「總覺得忽然責任重大了。」

蘇欣欣繃起俏臉，站在書架前方抬頭凝視著酒紅色書皮的厚重作品，依序瀏覽著書名。思索片刻，拿起一本名為《威尼斯商人》的作品。

「墨哥，人家挑選好了。」

「書名是什麼？」

「是《威尼斯商人》。」

墨鋒微微頷首，往後半躺在扶手椅椅背，輕聲說：「那麼請開始吧。」

「好的！」

蘇欣欣明白自己並非特別擅長朗讀，聲音也沒有特別之處，實際說起來屬於不好聽的那一類，不過既然墨鋒願意聘用自己就要拿出不會辜負期待的成果。

對此，蘇欣欣特別從影音網站學習關於說話的抑揚頓挫、改變音質的發聲方式與朗讀作品的心得，努力磨練。此刻也專注於掌心書籍的文字，務求朗讀出流暢且富有感情的內容。

儘管如此，無論聽得多麼入迷，墨鋒總會在六點五十九分站起身子。精準地分秒不差，從口袋取出事前準備好的一張千元鈔票，結束一週一次的打工。

「謝謝！」

將書籍歸位的蘇欣欣笑著轉身，用雙手接下鈔票，在內心暗忖真正的戰鬥現在才要開始。

按照往例，結束打工的瞬間，墨鋒會立刻變得冷淡寡言，彷彿連待在相同房間都感到煩躁似的婉轉趕人，蘇欣欣的目標就是盡可能地拖延時間，最終理想是能夠留下來一起吃晚餐。

蘇欣欣盡可能放慢動作，緩緩將鈔票收回錢包，接連拋出在學校思考了一整天的話題。

「墨哥！你知道最近很流行的手機遊戲嗎？」

「沒有興趣。」

「人家前幾天去圖書館借了好幾本有關室內裝潢的書喔，墨哥有打算稍微更換一下咖啡館的擺設嗎？」

「沒有。」

「對了，人家最近想要存錢買同學的生日禮物，墨哥的生日是什麼時候？」

「時間晚了，妳也盡早回家吧。」

蘇欣欣接連碰了軟釘子，卻是不氣餒地繼續進攻。

「對了對了，最近班級的同學之間很流行週末到朋友家過夜。換穿成睡衣之後一起看電影、打遊戲，然後聊天聊到睡著，那樣很有青春的感覺對吧！人家已經和媽媽約定好了，每個月可以有一次到朋友家外宿的日子，這個月的額度還沒有用喔。」

「那麼真是太好了。」墨鋒平靜地說：「希望妳和朋友玩得愉快。」

「那麼人家今天晚上就住在這裡——」

「不要說蠢話了。」

「咦咦，至少等人家說完嘛……」

話題全部以失敗告終的蘇欣欣洩氣地垮著肩膀，珍惜喝完剩下一小口的咖啡，接著突然想到早上和許佑容聊過的內容和那個御守吊飾。

「這麼說起來，我們學校最近有不少人都帶著可以實現戀情的連理御守，墨鋒是會相信那些事情的類型嗎？」

「連理……難道會是指比翼鳥嗎？」

「咦？大、大概吧。」

「為什麼這麼不確定？」

墨鋒思索片刻，再度坐回扶手椅。

「簡潔說來聽聽吧。」

咦！居然對這個話題感興趣嗎？

蘇欣欣不好承認自己對於那個傳言一知半解，支支吾吾了好半晌才急中生智地假裝放在口袋的手機傳來震動，表示接到家人的聯絡要先回家，約好下個星期一的放學後再來黑貓咖啡館說明詳情，匆匆離開。

✣

踏出黑貓咖啡館的時候，蘇欣欣不動聲色地做了一個勝利手勢。

「很好！雖然沒有一起吃晚餐，準備好的話題也全軍覆沒，不過約好了下星期一再見面！這個可是重大進展！果然還是要關於妖怪的話題，墨哥才會有興趣啊……比翼鳥應該是妖怪吧？」

蘇欣欣對著空氣揮了幾拳，稍微冷靜下來才牽起腳踏車，轉頭瞥了一眼咖啡館二樓窗戶的燈光，起身踩動踏板。

夜晚的中興新村相當安靜。

偏離主要道路就幾乎不會有車輛經過，只有枝葉被風吹過的颯然聲響，偶爾也會有蟲鳴、鳥啼和貓咪的叫聲從某個角落傳來。

蟲鳥比較難發現蹤影，不過只要稍微留心就可以在路旁發現貓咪，或是縮在草叢當中，或是趴在紅磚圍牆。

中興新村就是貓咪的小鎮。

若要為從小生長的中興新村下一個宣傳標語，蘇欣欣會毫不猶豫地這麼說。

蘇欣欣加重踩踏踏板的力道，側著身子滑過長長的斜坡，前往一個位於陸橋下方的小公園。不知不覺間，每次打工結束總會過來這個場所。

立在陸橋兩側的路燈燈光在抵達下方時似乎被稀釋得相當稀薄，只剩下淺淺微光，將林木、矮圍牆與草皮照出朦朧輪廓。

將腳踏車停放在入口處，蘇欣欣放輕腳步走進小公園。

在被高聳針葉樹林環繞的盡頭有一個木製涼亭。造型古拙簡約，六根沒有任何裝飾的深褐色梁柱立在水泥基底，僅僅只是那樣卻彷彿存在著一堵無形牆壁，隔絕出內外兩個世界。

此時此刻，有一個佝僂矮小的老者盤腿坐在長椅。他穿著碎花襯衫、棉質白襯衣和鬆垮垮的長褲，抬頭凝視著夜空。

涼亭桌面放著葫蘆造型的青銅酒壺。

蘇欣欣深呼吸一口氣，低頭穿過那道無形牆壁，踏入涼亭。

皮膚頓時滲入不合季節的寒意。

「晚上好，古爺爺。」

「……蘇ㄚ頭，今天有些遲了。」

古宵的嗓音嘶啞，並沒有責備之意，依然昂首凝視著夜空。

見狀，蘇欣欣跟著抬起頭，從六角形的屋頂邊緣可以看見稀疏的星星，卻沒有看到月亮。

「請問夜空有什麼嗎？」

「夜空本身就是百看不厭的景色了。」

「是這樣喔。」

蘇欣欣聽不太懂，一如往常地坐到對面位置。

古宵略顯黝黑的臉龐佈滿細小皺紋與老人斑，充滿歲月痕跡。

話雖如此，蘇欣欣知道身旁這位看似弱不禁風的老爺爺其實是名為「天狗」的妖怪，有一個「大黑山六識坊」的奇怪稱號……若不是曾經見過墨鋒極為恭敬的態度，大概怎麼也不會相信吧。

蘇欣欣發現古宵今天似乎心情不佳，每隔一段時間就會刻意咳嗽，也沒有主動開口聊天，好半晌才遲來地注意到自己忘記拿出見面禮，急忙從書包取出裝著餅乾的小鐵盒，放到桌面。

「這是人家做的烤餅乾，麻煩古爺爺幫忙鑑定一下味道。」

「……既然妳都特地烤了，不吃也是浪費。」

古宵瞥了眼書包，冷哼一聲，卻是立刻拿起餅乾。

「請用請用，如果合胃口就太好了。距離情人節還有好一段時間，不過人家必須做好萬全的準備。」蘇欣欣漾起笑容說。

「人類還真是喜歡這些祭典、節慶之類的活動。」

「這樣很好呀，每天醒來都有新的節日可以期待，生活不會感到無聊。」

對此，古宵不置可否地又哼了一聲。

「這麼說起來，既然古爺爺這麼喜歡甜食，為什麼不自己去買呢？便利商店是二十四小時營業的喔。」

「堂堂天狗豈可做出那種丟人行為，而且老朽也不喜歡人類那些過度精緻的食物，只是為了不浪費才吃的。」

「原來對於妖怪而言，進去便利商店算是丟人的行為喔……」

古宵繼續低聲罵了幾句，不過心情顯然好轉許多，拿起青銅酒壺直接湊著壺口喝了起來，片刻才問：

「蘇丫頭，妳要喝嗎？」

「人家還未成年呢！」

「人類就是這點麻煩，十六歲和十八歲又有多少差別？」

「古爺爺已經活了幾百年，自然是覺得沒有什麼差別啦。說不定十六歲和六十歲也覺得差不多吧？」

古宵感到可惜地拿回酒壺，繼續配著餅乾小口喝著。

「以前的人倒是幾乎沒辦法活到六十歲那麼久。既然妳要遵守那什麼法定飲酒年齡，等到成年了，定要陪老朽喝一杯。」

「到時候再說啦。」蘇欣欣笑著敷衍過去，接著開口問：「請問古爺爺見過比翼鳥這種妖怪嗎？」

「沒有。」

「咦？原來是比翼鳥這麼少見的妖怪嗎？人家還以為挺有名的。」

「話不是這麼說的，如果要尋找見過天狗的比翼鳥，大概同樣稀少吧。所謂的妖怪就是這麼一回事，中國的妖怪就該待在中國，日本的妖怪就該待在日本，固守自身地盤，終其一生都不會離開。」

「那樣不會感到無聊嗎？」

「萬物都隨著四季持續變化，不存在相同的景色，自然不會感到厭煩。」

「……總覺得有點無法理解。」

「老朽是妖怪，有些事情和身為人類的妳自然講不清楚，有問題就去找那小子吧。妳不也是剛從他那邊離開嗎？」

蘇欣欣知道古宵口中的「那小子」指的就是墨鋒，當下提起興致地追問：「這麼說起來，您經常和墨哥聊天嗎？感情很好嗎？但是人家似乎沒有在咖啡館見過您耶。」

「堂堂天狗怎麼可能會去那種場所。」

「墨哥泡的咖啡很好喝喔。」

「不是那個問題。只有人類才會做出將自己關在屋舍的奇妙行為，居然自行選擇待在牢籠當中，簡直難以置信。」

「原來妖怪都不會建房子嗎？」

「並非不會，而是不去。」古宵皺眉糾正：「何必做出那種毫無意義的舉動。」

蘇欣欣似懂非懂地歪著頭，沒有繼續這個話題。

聞著縈繞在鼻尖的淡淡酒香，蘇欣欣再度抬頭凝視著沒有月亮的夜空，暗忖若非偶然看見墨鋒發出的打工，進而前往應徵並且接觸到妖怪的世界，大概直到今日依然過著不曉得妖怪存在的普通人生活吧。

——普通人貿然染指妖怪的物品，通常都不會有好下場。

這是墨鋒幾乎會對每一位客人說的警告。

人類只要過度接觸怪異、妖怪以及相關物品，將會以此作為轉捩點，令原本的人生出現偏折。

話雖如此，蘇欣欣並未感到後悔，甚至有些埋怨沒有從更早之前就認識墨鋒、認識古宵，因為他們令這個缺乏娛樂的城鎮不再無聊，每天都過得充實且愉快。

蘇欣欣前後踢著腳，開始計畫明天要去圖書館查詢關於「比翼鳥」的資料，順便準備星期一約會的話題。

✣

週末，蘇欣欣一大清早就前往中興新村的國立圖書館，花費大半天的時間找出館內所有關於「比翼鳥」的書籍。其中有日本作家所寫的大眾推理小說；有以比翼鳥為主題的論文；也有中國古代妖怪的圖鑑，數量比想像中更多。

「比翼鳥」又名為鶼鰈、蠻蠻。

根據古籍記載，由於只有一只眼睛和一支翅膀，必須兩隻依偎在一起才能夠飛翔，也因此雌雄兩隻鳥共稱為比翼、鶼鰈，無論生死都不會分離。

蘇欣欣在《山海經》有找到一種名為「蠻蠻」的妖怪，不過看著角落那幅左看右看都是老鼠的插圖，怎麼聯想都不會是比翼鳥，將之當成偶然同名的妖怪就不管了。

蘇欣欣自認不是擅長分析整理的類型，如果途中不小心漏掉什麼關鍵情報就麻煩了，只好使用最簡單也最保險的方式，認真讀完每一篇文章。

書籍數量不少，重複的內容卻很多。

離開圖書館之後，蘇欣欣繼續上網搜尋相關資料，節錄在小筆記本。

星期一登校的時候，蘇欣欣站在校門口刻意觀察，訝異發現不只摯友許佑容，每隔幾分鐘就可以看見配戴著連理御守的學生。

蘇欣欣對於流言蜚語毫無興趣，首次意識到竟然有這麼多的學生與連理御守有所關連，遲來地意識到墨鋒的追問或許有著其他更嚴重的理由，當下等不到約定好的放學時間，午休就立即跑進廁所隔間坐在馬桶蓋子上面，撥打電話。

大腿處放著小筆記本，上面記載著週末搜集到關於比翼鳥的資料，以及一個早上探聽出來關於連理御守的傳言。

聽著響在耳邊的「嘟嘟」聲響，蘇欣欣忽然意識到這是自己第一次使用手機連絡墨鋒，某種緊張感隨之從胸口擴散到手指末端。

電話很快就接通了。

「請問有什麼事情？」

「墨哥！是人家喔，人家人家人家喔。」

「我就不追究演技拙劣的詐騙電話台詞了，請問在這個時間打電話有什麼事情嗎？現在是高中的午休時間吧。」

「人家問到了連理御守的細節，想說墨哥應該會有興趣就立刻打電話了！」

「都說好了放學後在咖啡館見面……妳的午餐呢？」

「人家在第三節的下課先吃完了！」

「唉，算了，既然如此就簡潔地進行報告吧。」

「好的！」

蘇欣欣看著筆記本的內容，依序唸出自己明查暗訪的總結。

第一點，連理御守以比翼鳥為象徵，必須成雙成對才會發揮作用。

第二點，配戴者必須由衷信任，不可懷疑，否則不會有效果。

第三點，只要喜歡的對象同樣配戴著連理御守，戀情就會實現。

第四點，連理御守當中有贗品。

第五點，目前沒有準確分辨真貨與贗品的方式。

第六點，一個人只能夠配戴一個連理御守，此乃規矩。複數的御守會令效果互相干擾，從而失效。

「——大概就是這樣。」

對此，墨鋒思索片刻才給出回應。

「配戴著就能夠實現戀情的御守是很有學生風格的迷信，然而選擇『比翼鳥』如此正統且悠久的妖怪作為象徵有些奇怪，我很懷疑當今的學生有多少人能夠準確說出比翼鳥的由來。」

「只要搜尋一下網路就可以了呀。」

「那樣沒有意義，人類很難對模糊不清的事物寄託強烈思念……不過繼續討論這點沒有意義，先回到正題吧。比翼鳥這種妖怪本身並不知名，相關的俗諺和典故倒是廣為流傳，用來作為實現戀情的象徵固然有些本末倒置，卻也在情理之中。」

「為什麼會本末倒置？」

蘇欣欣不解地問。

「並非配戴比翼鳥才能夠實現戀情，正因為是雙宿雙飛的比翼鳥才有資格作為不渝戀情的象徵。這兩天，我也做了些調查，並沒有找到配戴比翼鳥就能夠實現戀情的記載。」

「好複雜喔，而且說起來，配戴比翼鳥……配戴妖怪是什麼樣的概念呀？」

「山海經裡面有許多關於相食、相佩和相服的記載。舉例而言，配戴鹿蜀的毛皮可以興旺子孫、配戴灌灌就不會受到術法迷惑，有些是無稽之談，有些則有一定效果。」

蘇欣欣似懂非懂，努力在墨鋒說話的空檔發出聲音表示自己有在聽。

墨鋒也注意到這點，不再深入解釋，嘆息著說：「某種角度而言，配戴妖怪也像是使用妖怪相關的物品，這樣應該比較容易理解吧。」

「喔喔！就像那些上門諮詢的客人們帶來的各種物品！」

「那麼妳查詢看看，究竟有多少間學校流傳著這樣的謠言，等等再打給我。」

墨鋒轉而吩咐。

「不用掛掉沒問題啊！人家現在就查！」

「……原來可以在通話的同時使用網路搜尋功能嗎？」

「當然可以呀。墨哥有時候也會說一些莫名其妙的內容呢。」

蘇欣欣迅速鍵入關鍵字，隨意點開幾個連結，不過很快就察覺到這樣的做法效率太低，回到搜尋頁面調整設定，以時間為排序列出近期的情報。

「人家看看喔……喔喔！意外滿多的耶。雖然大部分都是北部的學校，中部的學校只有兩、三所，幾乎沒看到南部學校的名字。」

「都是高中嗎？」

「也有看到一些國中校名，倒是沒有大學也沒有國小。」

「最早出現連理御守是多久之前的事情？」墨鋒又問。

「差不多……幾年前吧。」

「這樣可就有些麻煩了，聽起來有某些好事之徒在幕後操縱。」

「咦？所以連理御守是真貨嗎？」蘇欣欣訝異反問。

「不可能是真貨，比翼鳥的羽毛或屍體可不是俯拾可得的物品，而且比翼鳥本身是愛情象徵，卻也僅此而已。剛才提過沒有任何一本古籍寫著配戴著比翼鳥的羽毛或鳥喙就可以實現戀情的說法。」

「但是墨哥以前說過信念的重要性吧？只要相信，就算是泥水也會變成聖水，即使連理御守裡面沒有放著比翼鳥的羽毛，只要配戴者這麼認為就會產生某種力量，不是嗎？」

「那是對於奉獻一切的修道者與信徒而言，難以想像普通學生會擁有如此強烈深刻的信念，再者，倒果為因的說法用來欺騙他人尚無問題，要將之構築成一個完整的術法就很困難了……實在不曉得那些好事之徒到底在圖謀些什麼。」

墨鋒在電話那端無奈嘆息，片刻才繼續說：

「網路所形成的都市傳說從某方面來看是最為棘手的類型，只需要一晚的時間或一個討論串的場所就能夠得到古早妖怪必須花費數年才能夠得到的意念，而且無法預測何時會獲得近乎突變的強大力量……然而那是理論上的說法，即使『比翼鳥御守』真的在極低機率的情況下獲得實體，大概也只能夠成為類似惡靈的半吊子。畢竟『比翼鳥』這個詞彙所包含的意念太過深刻，即使憑藉網路的力量也不可能讓謠言取代本體，放著不管即可。」

「是連理御守啦。」

「名字怎麼樣都無所謂。」

「總是強調名稱很重要的人是墨哥吧……不過惡靈聽起來有點嚴重耶。」

「那是不成妖怪卻又只勉強歸類成妖怪的矛盾存在，根據誕生過程的差異，有時候會對於特定的人事物充滿怨念和恨意，比起普通的妖怪更加凶暴，然而好消息是惡靈大多只針對特定對象，不會波及大範圍的無辜群眾，只要達成夙怨就會自然消散。」

「墨哥，這樣講不太恰當吧。」

「我可沒有多餘力氣去管那些沒有繳交諮詢費用的陌生人，他們的死活與我何干。」

蘇欣欣忍不住鼓起臉頰，思考著該如何反駁。

「小丫頭，妳應該沒有帶著那個御守吧？」
「嗯嗯。」蘇欣欣搖頭說完才想起來正在講電話，補充說：「沒有。」
「那樣就好……保險起見，如果偶然拿到那個御守，直接過來咖啡館讓我處理，絕對不要對其許願或配戴。」
蘇欣欣忽然察覺到這段話當中的涵義，蹙起眉頭。
「難道那麼做會出現什麼問題嗎？不是說放著不管即可？」
「經由網路誕生的妖怪就是這點麻煩，本質會因為大量訊息，在極為短暫的時間內遭到改寫、變異、轉化，沒有人能夠預測最後究竟會變成什麼模樣。當然可能什麼事情都沒有，這麼做只是……以防萬一。」
「所以墨哥在擔心人家的安危嗎！」
「只是懶得重新找打工的丫頭罷了。妳的聲音差不多聽習慣了，忽然間換人又得重新教育一次，多麻煩。」墨鋒不悅反駁。
蘇欣欣難以遏止地露出笑容，必須用雙手捧著臉頰才勉強忍住笑意。
「今天放學後，我會到妳的學校一趟，確認情況。待在校門口等我。」
蘇欣欣尚未意識到這句回覆的涵義，墨鋒就率先結束對話。
用雙手捧著的手機螢幕跳回桌布，蘇欣欣好半晌才猛然回神，在廁所隔間對於這項校園約會的邀約發出尖叫。

當天的放學時間。

蘇欣欣迫不及待地一敲鐘就跑到校門口，站在圍牆旁邊，又是輕踮著腳尖又是左顧右盼，即使知道討厭人群和擁擠的墨鋒不可能立刻前來，還是難掩興奮地等待。

當夕陽西斜，外縣市的學生們大多搭乘客運離開中興新村，住校的學生也零散前往附近餐廳吃晚餐，蹲坐在圍牆旁邊的蘇欣欣才看見拄著深黑色拐杖的墨鋒不疾不徐地從坡道盡頭走上來。

蘇欣欣馬上彈起身子，露出燦爛的笑容。

「墨哥晚上好唷唷！」

「……我很懷疑是否真的有『好唷唷』這個招呼語，不過深究這點感覺會偏題，就不管了。等很久了嗎？」

墨鋒有些無奈地問。

「不會，人家才剛到。」

「少說謊了，按照妳的個性絕對下課鐘響就待在這裡吧。」

被看破的蘇欣欣摸著後腦杓，露出傻笑。

「附近沒有聽見其他人的聲響，門口沒有警衛嗎？」

「大概下班了。」

「戒備比想像中還要鬆散，我還以為高中會嚴格管制出入人員。」

「上課時間才會吧，要先來向警衛伯伯拿訪客證。」
「好吧，不過如果接下來有其他人問起，就說妳是我的姪女，理由的話……我來找級任導師詢問一些關於考試成績的事情，這方面先套好說詞有備無患。小丫頭，有其他問題嗎？」
蘇欣欣抬起小臉，認真詢問：
「不能夠說是女朋友嗎？」
「妳想害我被抓進警察局嗎，不要鬧了。」
「好吧，姪女就姪女啦。」
「為什麼一副很不情願的態度。」
墨鋒再度嘆息，沒有在這個話題多作交談，信步前進。
蘇欣欣急忙跟上，偏頭看著與自己並肩走在校園的墨鋒，忽然覺得很不真實。
如果墨鋒更加年輕的話，說不定有機會和他成為同班同學。一想到此，蘇欣欣的腦海就逕自浮現各種想像畫面——坐在前後的座位遞交考卷；在老師進教室之前的空檔低聲閒聊；上課途中可以一直看著他的背影；體育課一起去借器材；在放學後相約去便利商店……
不知不覺間，想像畫面和現實的落差逐漸擴大，不得不停擺。
蘇欣欣再度看向身旁不苟言笑的黑衣男子，篤定認為方才在腦海帥氣投出三分球後對著自己露出燦爛笑容的墨鋒是無庸置疑的冒牌貨，苦笑著問：
「墨哥，你會打籃球嗎？」
「小丫頭，如果不是認識妳好一段時間了，肯定會以為這是故意挖苦。」

「當然不是指現在啦……雖然如果現在的墨哥會打球，人家其實也不會感到太過意外。」

「妳該感到意外好嗎，又不是拿飛頭蠻的頭當球，我怎麼可能看得到一顆快速跳動的橘紅色球體。」

「飛頭蠻是什麼？」

「……當我沒說吧。」

「不要嫌麻煩嘛，跟人家解釋一下啦！那些關於妖怪的話題其實都挺有趣的……不過說起來，人家好像聽庭柔姊說過墨哥小時候其實看得見吧，為什麼會變成現在這樣？修練的時候不小心走火入魔？還是意外被妖怪傷到眼睛？」

「單純某天起床就忽然看不到了。」

「原來如此，那樣肯定嚇了很大一跳吧。」

墨鋒怔住了幾秒才勾起嘴角，繼續向前邁步。

蘇欣欣知道剛才自己被敷衍了。

話雖如此，如果今後能夠聽見墨鋒親口說明失明的真正原因，肯定就是將自己視為自己人了。

——這個就當作一起吃晚飯的下一個目標吧！

蘇欣欣暗自決定，立刻恢復精神，加快腳步追上那個拄著拐杖的身影，偷偷從後方抓住衣襬。不過立刻就被不著痕跡地甩開了。

墨蘇兩人並肩走在高中校園。

途中，蘇欣欣盡責地擔任嚮導，一邊解說學校處室的位置一邊領先帶路。學校裡面依然有幾位學生，對於拄著拐杖的墨鋒投以疑惑目光，也有老師上前詢問是否需要幫忙，不過並未動用到方才準備好的說詞。

十多分鐘後，將校舍繞完一圈的兩人待在中庭，稍作休息。

夜幕低垂，天空飄著幾縷淡灰色的雲絮。

「——學校裡面沒有任何妖怪痕跡，當然也沒有比翼鳥的。」

墨鋒淡然說出結論。

蘇欣欣用力點頭，暗忖這樣的結果就是最好的，不過很快就注意到墨鋒的表情依然嚴峻，疑惑地歪頭問：

「還有什麼問題嗎？」

「話雖如此，這所學校內部殘留著一股極淡的縹緲氣息，很接近妖怪卻又有些差異，若要打個比方大概是殘留的痕跡。」

「……這裡原本住著某種妖怪嗎？」

「只是打個比方，中興新村全境都是大天狗的地盤，稍微有點實力的妖怪都不會貿然靠近，前來此處尋求一個棲身之地的妖怪又太過弱小，很難留下痕跡。尤其這個痕跡只存在於學校內部，必須進入此處才感受得到……確實是頗值得深思的情況。」

「總覺得有點複雜耶，那樣是很危險的事情嗎？」

「現階段的情報不足。可能只是某些陰錯陽差所造成的誤會，也有可能——」

墨鋒不再說下去，逕自起身走到最外側的校牆，舉起拐杖從底部開始依序敲打灰白色石磚，敲了幾十下才側臉詢問：

「小丫頭，圍牆外面可以看到什麼？」

「就是普通的校外呀，兩邊都停著車子的那條上坡路。」

踮起腳尖的蘇欣欣開口回答。

「原來如此……大致明白了。這間學校本身就是一個相當巧妙的大型術法結界，包含校舍建築物、圍牆與諸多設置物，大概創校者與某位強大的除妖師有著淵源吧。感受到的氣息就是施術者殘留的。」

「整座學校都是結界會發生什麼事情嗎？」

「從結構判斷只是隔絕氣息。」

「墨哥已經在中興新村住了很久吧？之前都沒有發現嗎？」

「這種類型的術法必須進到內部才能夠察覺到蛛絲馬跡，再者，結界本身的結構過於龐大，超乎尋常想像，倘若不是本次湊巧進入學校大概再過好幾年也不會發現。」

「那麼假設喔，如果其實是『學校裡面住著比翼鳥』的可能性，會不會有危險？那種可能性也不是零吧？記得那種妖怪出現的地方會發生大洪水。」

「沒想到妳知道這點。」

墨鋒頗為訝異地說。

「人家也是有認真查資料的！」蘇欣欣傲然挺起胸口。

「這方面不必擔心，目前殘留的妖力至多就是下點雨，達不到洪水或洪災的程度。比翼鳥也不算是凶鳥或惡鳥，理應不會做出危害人類的舉動……追根究柢，那種可能性的機率原本就相當低，幾乎不需要考慮。」

墨鋒再度握緊拐杖，習慣性地快速敲了兩下腳邊地面。

「那麼實地勘查到此為止，我回去了。」

「謝謝墨哥特地為了人家趕過來。」

「……都說了，只是懶得重新找新的打工小妹而已。」

墨鋒說完，逕自朝著校門的方向邁步。

✣

黑貓咖啡館今日也沒有其他客人。

放學後，蘇欣欣就騎著腳踏車直奔店內。為了方便聊天，坐在吧檯的高腳椅，忙不迭說著關於學校生活、朋友和昨天電視連續劇的各種話題，即使沒有收到回應也講得相當熱烈。

早已習慣這樣相處模式的墨鋒站在吧檯內側，擦拭著馬克杯，直到蘇欣欣自己講到口渴才沒好氣地開口：

「按照高中的時程表，記得快要期中考了，沒有問題吧？」

「所以人家正在讀書呀！」

「打從踏進店裡，妳連一頁都沒有翻過吧。聽聲音就知道了。」

「人家又不打算以各種頂尖科系為目標，不需要那麼努力啦，只要有及格就行了。目標是剛好壓線的六十分！」

「真是簡單的目標。」

墨鋒無奈搖頭，將一杯剛沖泡好的咖啡放上吧檯，向前推出。

「這杯是送人家喝的？」

「喝完就好好讀書，不要再閒聊了。」

「謝謝墨哥！」

蘇欣欣高聲道謝，興高采烈地端起馬克杯，卻在最後關頭停下動作，歪頭詢問：「所以說，那個連理御守到底是什麼呀？」

「小丫頭……」

「距離校園約會也過了好幾天，墨哥應該理出一個頭緒了。跟人家講啦。」

「那個不是約會，而且這件事情與妳無關，專心唸書。」

「當作最後一個問題啦！如果沒有搞清楚，總覺得胸口這邊一直癢癢的，根本不能專心讀書啊！人家保證聽完就會認真啦！目標六十分！」

墨鋒沉默片刻才無可奈何地開口：

「我認為那是一個媒介。」

「那是什麼意思？」

「信者恆信，意念足以壓倒其他一切事物，倘若堅信著身體沒有病痛，即使生患重病的人也可以自由活動。這點在單純無邪的少年少女當中效果更為顯著，這個就是目的吧。上次已經在電話中提過類似內容了。」

「人家沒有聽懂嘛，再解釋一次啦！」

「唉……這麼說好了。」

墨鋒緩緩地說：

「目前網路謠傳著關於連理御守的各種情報，其中有一部份是『某個人』或『某個團體』刻意寫下的內容，試圖進行思想方面的誘導，然而更大一部分則是其他學生和好事者以訛傳訛所寫下的補充情報……隨著時間推進，數十、數百、數千人的思想匯聚成一股相似且強大的意念，或許會產生怪異。」

「所以……這是網路謠言變成事實的意思嗎？變成了某種妖怪？」

「那種情況是不會發生的，否則早就世界大亂了。」

墨鋒搖頭否定。

「無論在網路討論得多麼熱烈，使用者在內心依然有一條清楚的界線，區分出『虛擬』與『現實』。他們不會因為在遊戲中完成屠龍的任務，就認為在現實也會遇到一條龍；他們不會因為胡亂批評他人的貼文，就同樣在現實胡亂開罵；他們也不會因為看見一篇關於比翼鳥御守的文章，就發自內心相信佩戴那個御守可以實現戀情。正因為如此，那些網路中的意念缺乏最為關鍵的部分，無法化為現實。」

「不好意思，人家還是聽不懂耶，沒有簡潔的版本嗎？」

「居然還要更簡潔嗎……好吧，所有人都不認為誕生於網路的謠言是事實，所以就不會是事實。」

「……總覺得有種歪理的感覺耶？」

「怪異與妖怪的本質就是如此，必須依靠諸多的虛構、妄想與謠言才能夠確立自身存在。」

墨鋒停頓片刻，補充說：

「話雖如此，眾多御守當中應該有幾個『真貨』。贗品所產生的意念會往真貨聚集、凝結，假以時日，或許有機會成為妖怪的相關物品。」

「等等，那樣很嚴重吧！所以會變成客人們帶到店裡諮詢的東西不是嗎？容容……啊，容容是人家的朋友，她也有一個連理御守。雖然應該是假貨，不過如果會有問題的話——」

「不用擔心，好幾個假設打從一開始就建立在極低機率的前提，那位不曉得在圖謀什麼的幕後黑手製造出謠言的源頭，並且繼續推波助瀾，令『連理御守』有機會成為『人造的妖怪物品』。儘管如此，就算真貨使用了真正比翼鳥的身體部位也會以失敗告終。」

「為什麼可以這麼肯定？」

「這是除妖家族持續嘗試了數千年的實驗，東西方皆是如此，然而從未有任何人成功。」

「那麼如果剛好這一次成功了怎麼辦？容容不會有危險吧？」

「這樣就是在鑽牛角尖了……」

墨鋒無奈嘆息。

「讓我們繼續假設連理御守的真貨成為了妖怪的物品，擁有某種力量，至多也是『增強對於吸引力的波動』、『心靈方面的束縛囚禁』等等方面的效果，不會有立即性危害。」

「墨哥不是故意用很難懂的內容敷衍人家吧？」

蘇欣欣嘟起嘴。

「前一陣子……那兩位帶著『猩猩之酒』的客人，妳還記得嗎？」墨鋒轉而問。

「是的，李文綺和賴柏耀，很恩愛的情侶！」

「那位賴柏耀先生是天生受到妖怪排斥的體質，看不見妖怪，卻可以感受到惡意；反過來，也有一些人打從出生就容易受到妖怪的偏愛，很容易被纏上，導致自幼體弱多病或經常身體不適，到醫院檢查也得不出結果。這兩種位於極端的人們如果配戴連理御守，或許會令效果加強，更受到妖怪討厭或更受到妖怪喜愛，此外的人就算配戴也不會產生劇烈變化。」

「居然有受到妖怪喜愛的人喔？」蘇欣欣好奇地說。

「是的……那種人被稱為『受喜愛的人兒』，帶著妖怪本身也無法說明清楚的魅力，如果是善良的妖怪或許只會靜靜守護在身旁，然而如果是帶有惡意的妖怪則有可能做出強虜、囚禁之類的舉動。」

墨鋒用著平靜的語調，緩緩解釋。

「日本有著『神隱』這個現象。人類在某天突然消失在山林當中，有些是事故意外，有些確實與妖怪有關……其中孩童遭遇神隱的比例較成年人更高，也是因為那份體質與生俱來，受喜愛的人兒容易在襁褓中或年幼時就被妖怪擄走。」

蘇欣欣其實沒有親眼見過古宵以外的妖怪，即使知道妖怪並非全部都對人類抱持友善態度，聽見這種事情還是難以接受。

蘇欣欣小口喝著咖啡，好半晌才繼續原本話題。

「要怎麼分辨連理御守的真貨和贗品？」

「妳知道這個做什麼？」

「學校裡面有很多同學都配戴著連理御守耶，如果裡面有真貨豈不糟糕？」

「不要插手這件事情。御守的這件事情固然有所蹊蹺，然而與妳無關，世界上沒有比起自行跳入泥潭當中更加愚蠢的舉動了。」

墨鋒說完，擺出這個話題到此為止的態度。

「那麼人家來進行委託吧！麻煩墨哥調查這件事情，這樣事情就和人家有關係了吧！至今為止的打工費用可是都好好存下來了！」

「……富有正義感是一個優點，然而只有正義感就另當別論了。」

墨鋒的語調依舊平靜，卻帶著難以違逆的氣勢。

「我不會承接這件委託，也強烈建議妳不要做出無謀的舉動。蘇欣欣，妳只是一介普通、尋常且無力的高中生，在場聽過一些關於妖怪的話題，並沒有處理這件事情的能力。」

無法反駁的蘇欣欣一怔，遲疑地問：

「為什麼生氣了？」

「妳應該打著如果事情變糟了，我會出手協助的念頭吧？然而我只是稍微懂點妖怪知識的咖啡店店長，沒有辦法成為妳想像中那種拯救所有人的英雄。追根究柢，這起事件沒有諮詢者、受害者與加害者，甚至沒有見到連理御守的真貨，不符合本店規矩，委託無法成立。」

蘇欣欣啞口無言，內心某處也無法否認確實有過那樣的念頭。

「天色不早了。夜晚的中興新村可不是適合散步的場所，請盡快回家吧。」

蘇欣欣強行壓抑住各種翻騰情緒，迅速將吧檯桌面的課本、文具收入書包，首次沒有道別就逃跑似的踏出黑貓咖啡館。

✣

午餐時間。

蘇欣欣坐在教室的座位，將放在桌面的雙手筆直往前伸展，深深吐氣。

前幾天賭氣離開黑貓咖啡館之後，蘇欣欣就沒有再和墨鋒聯絡了。

墨鋒所說的內容正確無比，卻是無法輕易接受。

抱持著曖昧不明的煩躁情緒，身邊並沒有發生任何明顯變化。

仔細想想，自己入學也好幾個月了，連理御守的謠言更是好幾年前就有了，如果存在著「真貨」，早該出現受害者了……

「——不過還是難以接受啊……人家是這所學校的學生，學校裡面發生的事情多少也和人家有關係吧，那樣就是當事人呀。如果真的等到被害者出現再處理就太遲了……」

蘇欣欣低聲抱怨。

這個時候，隔壁座位的許佑容收拾好課本，偏頭問：「欣欣，這麼無精打采會讓運氣跑掉喔，好不容易低分飛過了期中考不是嗎？」

「人家有在認真計算分數啦，那個是掌控中的結果。」

「真的嗎？」

許佑容格格輕笑，接著突然又單手摀住額頭，咳了幾聲。

「還好吧？」

「昨天不小心稍微熬夜了，有點頭暈。」

「需要去保健室嗎？」蘇欣欣關心地問。

「沒有那麼嚴重。」

許佑容露出微笑，做了好幾次深呼吸才刻意提起精神問：

「妳還在調查那個關於連理御守的謠言嗎？」

「其實也差不多要結束了……」

蘇欣欣又想起墨鋒的那段話，情緒頓時變得低落。

「如果遇到什麼問題，隨時可以找我商量喔。」許佑容微笑著說。

「嗯……謝謝。」

即使是相處超過十年的摯友，蘇欣欣依然沒有向她吐露關於妖怪和那個世界的任何事情。

至今為止，有許多人前來黑貓咖啡館。

失魂落魄的流浪漢、警戒心極高的單身母親、事業有成的公司主管、招搖撞騙的神棍、平凡普通的高中少年、和藹可親的奶奶、年邁固執的爺爺，他們都是普通人，在某種偶然的情況下接觸到妖怪相關的物品，並且在各種因緣際會當中得知黑貓咖啡館的存在，抱持著各種念頭推開那扇始終掛著「休息中」木牌的大門。

墨鋒說過持有或使用妖怪的物品並不是問題。

每個人將來的道路早已被命運決定，無論使用何種方式都無法違逆，縱使眼前看似有著許多扇門，能夠走下去的道路只有一條，因此只能夠推開那扇自己最不會感到後悔的門扉。

蘇欣欣沒有背負改變他人命運的覺悟。

或者說，沒有覺悟告訴許佑容有著其他扇門扉的存在。

這點也是蘇欣欣遲遲沒有帶著許佑容前往黑貓咖啡館的理由之一。

許佑容沒有注意到蘇欣欣流露的複雜情緒，逕自從書包裡面拿出三明治，撕開塑膠包裝，小口咬著。見狀，蘇欣欣也從抽屜拿出早餐時順便買的飯糰，保持著臉頰趴在桌面的姿勢開始用餐。

「期中考結束了，不過馬上又要模擬考。一想到就覺得精神疲乏，啊啊，如果能夠繼續當高中生就好了，真不想要準備考大學，光是研究學校和科系就覺得頭痛。」許佑容嘆息著說。

「考大學嗎……」

蘇欣欣喃喃重複著這個詞彙，突然覺得胸口閃過一陣輕痛。

「可以離開中興新村算是不幸中的大幸吧，到時候無論是逛街、購物都方便多了。」

「咦？要離開這裡嗎？」

「對呀，中興新村可沒有大學。」

這個瞬間，蘇欣欣再次感受到久違的異樣情緒。

自己從小就希望離開這個沒有電影院、沒有百貨公司也沒有熱鬧商店街的城鎮，一旦擁有離開的機會，卻又總會在最後關頭退縮，列舉出各種理由說服自己放棄，現在想來連校外教學、畢業旅行等等活動都沒有參加。

儘管如此，今後無論要升學或就業，大概都無法繼續留在中興新村了。

小時候思思念念的夢想即將實現，蘇欣欣卻沒有感到任何喜悅。

「如果我們讀的大學在附近就一起合租公寓吧。」

許佑容用著已經決定的口吻，興奮並期待地計畫著未來。

「到時候絕對會過得開心又充實。如果上同一所大學就更好了！我們可以選一些共同科目，或者是參加相同的社團，找個週末熬夜看完一整套的影集，就像每天都是外宿一樣。」

蘇欣欣看著許佑容興奮談論這些事情的側臉，忽然意識到如果自己繼續瞞著連理御守的事情，導致摯友遭遇到某種危險，今後肯定會萬般後悔。

墨鋒說了市面上無數連理御守當中出現真貨的機率極低，假設是真貨也沒有立即性的危害，然而那些都不構成繼續隱瞞的理由。

這點正是自己最直率的想法。

蘇欣欣有種思緒豁然開朗的感覺，當下猛然站起身子，用著比想像中還要大的音量開口：

「容容，今天放學後一起去黑貓咖啡館吧！」

蘇欣欣露出相當凝重的態度，然而這份情緒並沒有順利傳達給許佑容。以往對於那位據說很帥的咖啡店店長展現出高度興趣，不過一聽見黑貓咖啡館沒有適合打卡拍照的甜點就興致缺缺，說著「難得放學後去咖啡店，還是去其他家比較好吧」的嘟囔。

蘇欣欣算是半強硬地拉著許佑容，花費平常的數倍時間才抵達座落在幽靜林木當中的黑貓咖啡館。

「——這間萬年歇業的咖啡館真的在做生意嗎？」

許佑容皺眉抱怨，再度露出不想進去的態度。

「容容，在這邊先說清楚。等會兒墨哥可能會說一些奇怪的話，不過都是真的喔！」

「聽起來有點莫名其妙耶……真的要進去嗎？」

「這是很重要的事情！」

蘇欣欣眼明手快地挽住許佑容的手臂，不讓她逃走之後推門而入。繫在大門的銀鈴發出清脆聲響。

墨鋒一如往常地站在吧檯後方，用著灰白色的雙眼瞥了兩位客人，擺手示意隨意入座。

蘇欣欣知道這是規矩之一，高喊著「墨哥打擾了！人家帶客人來了！就是之前提過的容容！」，急忙拉著許佑容坐到最靠近的桌椅。許佑容依然皺著臉，用手指戳著擺放在桌面的黑色角錐紙鎮。

「歡迎光臨，請問妳知道本店的規矩嗎？」

「不曉得。」許佑容立刻說。

墨鋒沉默片刻，這才開口說明。

「本店名為黑貓咖啡館，業務範疇則是包含諮詢與非人、妖怪、怪異、惡念和詛咒等相關的諸多事項，也有經手收購妖怪的物品。前來本店的客人必須點一杯咖啡，並且毫無保留地坦白內心的疑惑、意圖與想法，如此一來，我才能夠提供解釋與建議。以上就是本店的規矩，請牢記在心。」

許佑容半張開嘴思考片刻，轉向蘇欣欣問：「這是某種整人遊戲嗎？」

「不是啦！」

「所以這位店長的腦袋有問題嗎？」

「沒有問題啦！這樣講很失禮耶！」蘇欣欣急忙說：「目前所說的內容都是真的，沒有騙人也沒有說謊，總而言之先將委託費放到桌子，接著再開始說明事情的前因後果。這個就是規矩。」

「我還沒有決定要點什麼耶。」

「這間店只有一樣商品啦，就是咖啡。」

「我其實不是很喜歡喝咖啡……」

「所以說了這個就是規矩啦！」

「規矩還真多……那麼要多少錢？」

「一萬元。」

「什麼？一杯咖啡一萬元？」

問題。」

奇怪的地方，無論多麼瑣碎都請悉數坦白。在喝完一杯咖啡的時間內，我會以自己的知識回答所有

「請開始述說自身所遭遇的經歷、想要得知答案的疑惑以及希望諮詢的內容，只要稍微察覺到

「不是咖啡錢啦，這是諮詢費用。」蘇欣欣糾正說。

許佑容再度露出徹底抗拒的厭惡神情。

墨鋒沉聲接續話題。

「既然妳會推開本店的大門，表示近期當中應該有遭遇到自身也隱約察覺到不對勁的奇特事件，或許是轉瞬而逝的情緒、訝異或疑惑，然而妳對於那些理當不存在於現實、無法以科學解釋的現象存有疑慮……本店即是專門解決此種事項的場所。」

許佑容被兩人的氣勢壓倒，從書包取出錢包，拿出十張千元鈔票放在桌面。

「等等人家會把錢給妳。」

蘇欣欣低聲說完，跟著解下掛在背帶的連理御守，小心翼翼地將之放到桌面。

墨鋒開始沖泡咖啡，片刻不疾不徐地端著一杯走到兩人對面的位置。

——嗯？只有一杯嗎？蘇欣欣感到疑惑，卻沒有開口詢問。

許佑容皺眉瞪著裝有即溶咖啡的紙杯，彷彿在強忍什麼似的不發一語。

墨鋒並沒有伸手碰觸連理御守，乾脆斷言。

「關於御守的細節已經聽小丫頭提過了……這個是假貨。御守內部確實放著種物品，然而感受不到妖力，沒有問題。」

「太好了……」蘇欣欣如釋重負地說。

「據說這個御守名為連理，取自比翼鳥的含意。在《山海經》的記載是『比翼鳥在其東，其為鳥青、赤，兩鳥比翼。一曰在南山東』，除此之外，諸多經典當中也有著關於比翼鳥的描述……不過妳似乎對此沒有太大興趣，這部分的說明就省略吧。」

墨鋒平靜地問：

「請問妳是從何處取得這個御守的？」

「某次網路購物……買的。」

「請問是哪個網站？又是哪個商家呢？」

「現在手邊沒有電腦，不會記得那種事情吧。」

墨鋒嚴肅開口：「許佑容小姐，這個御守是假貨，然而妳似乎對其有著超乎尋常的執念，這樣並不是好事。我的建議是丟棄或銷毀，如果本人辦不到也可以交由本店代為處理……不過妳應該不會同意吧。」

「當然。」許佑容立刻說：「憑什麼我要丟掉這個御守？這是很重要的東西。」

蘇欣欣見情況似乎快要吵起來了，有些慌張地想要緩頰卻無從開口。

墨鋒微微嘆息，像是在思考著該如何說服似的站起身子，繞過桌子要返回吧檯，接著擺動的右手意外碰倒馬克杯。

咖啡色的液體頓時在桌面流淌。

閃避不及的蘇欣欣發出輕呼，急忙站起身子，不過潔白的制服已經暈出一大片褐色汙漬。

「……小丫頭，抱歉了。先到樓上清理吧，書房對面就是浴室。」
「沒關係啦，人家突然站起來的錯……嗯？等等，這是讓人家在這裡洗澡的意思嗎？」
「咖啡已經放了一段時間，還是有些熱度。沖點冷水比較保險。」
「咦？但、但是——」
蘇欣欣望向許佑容。後者頓時露出一個苦笑，開口說：「我沒關係。」
「那麼人家先去處理一下，你們不要吵架喔。」
蘇欣欣叮嚀完，迫不急待地跑入內側走廊。
墨鋒側耳聽著噠噠噠的腳步聲前往二樓，這才取出抹布，一邊擦拭傾倒的咖啡一邊開口：
「那丫頭也是誤打誤撞，準備了這麼好的談話場合，省得煩惱該怎麼見面。那麼刻意演給丫頭看的拙劣戲碼差不多可以結束了，許佑容小姐，請問妳前來本店的真正理由是什麼？」
「……什麼意思？」
「妳是站在分界線內側的人吧……看起來不是除妖師，卻也知道內情。」
墨鋒肯定地說：
「原本猜測妳就是散布謠言的幕後黑手，不過年紀和做法無法契合，妳和小丫頭也認識很久一段時間了，現在才出手也有種事到如今的感覺……雖然妳似乎也不打算隱瞞就是了。」
「……十一年。」
許佑容突然捏緊手指，慍怒地說：
「從國小一年級到現在整整十一年的時間，我都陪伴在欣欣身旁。」

「沒有否認其他部分嗎？」

「我還以為這間咖啡館的店長不會去管委託以外的事情。」

「雖然是被老爺子強塞過來的職責，我依舊是這塊地盤的代理人。妖怪互咬的爭執還可以假裝沒看見，反正哪邊死了、哪邊的存在消散了都無所謂，別影響到人類即可，然而倘若有人類打算擾亂這裡的秩序就無法坐視不管了。」

許佑容猛然捏緊拳頭，還不掩飾怒意地瞪視墨鋒。

「只插手人類的事情？真虧你有辦法面不改色地說得出這種話！」

「請問妳前來本店的真正理由是什麼？」墨鋒再度平靜詢問。

許佑容重重吐出一口氣，摘下眼鏡並且順手解開三股辮。神情隨之出現劇烈變化，露出尋常高中少女不會有的深沉內斂。

墨鋒用指尖輕碰著桌面的連理御守。

「前幾天，我到高中走了一遭。住在中興新村好一段時間了，還是首次踏入校內，隨即注意到那裡存在著複雜的術法結界……並非出自於妖怪之手，而是出自人類之手的結界。原本以為是老爺子將這裡劃為地盤之前某位除妖師留下的，然而回程順路到國小、國中繞了一圈，發現那裡也有大型術法結界的痕跡，三者的結構極為相似。」

「那又怎樣？」

「當天深夜，我聯絡了一位對於業界情報所知甚詳的財閥千金，得知土城許家有一位從小沒有嶄露任何天賦的直系孩子，早早就被認為無法繼承家業，從家族除名，相關紀錄也斷在國小入學之前。」

墨鋒用著肯定的語氣開口。

「許佑容小姐，妳就是那個孩子吧。這些年來，一直作為內應待在那丫頭身旁，替四大世家的許家通風報信嗎？」

聞言，許佑容猛然抬眸，咬牙切齒地說：

「我和那些混帳傢伙沒有任何關係，我只是欣欣的朋友。」

「我同意這點，那丫頭在聊天途中時不時會出現妳的名字……既然妳可以陪伴在那丫頭身旁十一年沒有被老爺子趕走，大概真的是普通人，那些包圍著學校的結界則是使用了高價昂貴的現成道具。」

「欣欣是我的朋友，我願意為了保護她做出任何事情，和你這個仗著大天狗威風招搖撞騙的傢伙不同，明明整天只會待在這裡做著敲竹槓似的生意，偏偏此刻擺出又高高在上的態度出言質問？難道完全不覺得羞恥嗎！」

「這是我的工作。」

「我才沒有在講那個！為什麼你這些年來什麼事情都沒做？」

「……不好意思，我無法理解這句問題。」

「不要裝傻了！」

許佑容更加惱怒地低喊：

「我知道欣欣是受喜愛的人兒，也知道在中興新村占地稱王的妖怪是被稱為『大黑山六識坊』

的大天狗，然而那些事情都只是其次！你在這裡生活超過十年的時間，更是得到大天狗的信任，受託管理地盤，可以出手幫助欣欣的機會多不勝數，為什麼卻什麼也不做。」

聞言，墨鋒突然露出恍然大悟的表情。

「許佑容小姐，妳希望帶著小丫頭離開中興新村嗎？」

「那是理所當然的事情吧！」

「請注意音量。這棟建築物的年代久遠，隔音效果並不完善。」

許佑容急忙單手摀住嘴，扭頭看向樓梯口的位置，片刻確定沒有動靜才惡狠狠地繼續說：「說出你的藉口，盡量替自己的無恥行為進行辯解，這個就是我今日願意踏入這間咖啡館的理由。」

「正因為我什麼都辦不到，才會什麼都沒有做。」墨鋒平靜地說：「小丫頭是受喜愛的人兒，與生俱來的體質會無條件地吸引妖怪靠近，倘若並非生活在中興新村早就遭遇神隱了。」

「所以就寧可成為大天狗的寵物？像籠中鳥一樣被養在這裡？」

「籠中鳥啊……」

墨鋒低聲咀嚼這個詞彙，並未接續話題。

許佑容忍無可忍地站起身子。

「原本就覺得見面了也無話可說，沒想到結果遠遠比預期還要來得差勁……今天總算確切瞭解到你究竟是一個什麼樣的人了，墨家的墨鋒，果然除妖師盡是一群性格惡劣的傢伙。」

「那丫頭是受喜愛的人兒……只要踏出中興新村，那個瞬間，附近所有妖怪都會蜂擁而至，她甚至無法離開南投縣就會被撕裂成無數碎片吧。試問妳有想過如何保護她的安全嗎？妳有想過要帶著她前往何處嗎？妳有想過如何逃過大黑山六識坊這位大天狗的追捕嗎？」

「我會想辦法的。在那之前要先讓她離開，否則後續也無從談起。」

對此，墨鋒沒有給出回應。

許佑容正視著那雙灰白色的眼瞳，放話說：「我會保護好欣欣，你就優哉游哉地繼續經營這個破爛的咖啡館吧。」

語畢，許佑容轉身就要離開。

墨鋒猛然舉起拐杖，由下而上劃出一道銀光，攔住去路。

「……原本以為這間爛店只會敲竹槓，沒想到還會對客人動粗嗎？」

「連理御守的事情尚未解決。只要妳依舊有危害那丫頭的意圖，我身為地盤代理人就無法坐視不管。」

許佑容用力拍了一下桌面。

「所以說了身為加害者的你不要擺出這種自己才是英雄的態度。我會依照自己的辦法拯救欣欣，你就繼續袖手旁觀吧！反正你什麼都做不到不是嗎！」

「妳不是除妖師。即使身懷許家血脈，依舊是普通人，以半吊子的知識擅自使用妖怪有關的物品只會落得引火自焚的下場。現在還來得及，請將御守交給我，並且不要再扯上任何關聯。」

「又是那套敲竹槓的說詞嗎？別想騙人了，我的這個是真貨。」

許佑容嗤之以鼻地冷哼。

「接下來的內容是我的推測，如果屬實，希望妳能夠聽完更之後的結論……身為普通人的妳沒有取得比翼鳥屍身的錢財、沒有研發結合妖怪身體部位術法道具的手段、也沒有散佈謠言的能力，這個御守大概是土城許家的實驗品，所以相關謠言才會局限在北部的學校。妳透過某些管道取得，認為比翼鳥的力量可以破除大天狗的結界，進而帶著蘇欣欣離開中興新村，對吧？」

許佑容的表情隨著內容逐漸沉了下來，沒有承認也沒有否認。

「御守是祈求庇護的護身符，本身帶有辟邪除厄的特性，作為連結『比翼鳥』這種妖怪的媒介頗為合適，若是持續將自身希望寄託其中，理論上確實有可能發揮比翼連理、雙宿雙飛的概念，將分別配戴著兩個御守的人連結成為一體。一人離開，另一人就得跟上；一人停止不動，另一人就無法離開太遠。」

「既然如此——」

「這個僅僅只是理論。」

墨鋒加重音量打斷：

「即使經驗豐富的除妖師也難以持續注入意念，達成將妖怪概念套用在人類身上的術法……不對，那個已經無法稱為術法了，而是某種詛咒。人造妖怪物品是難以達成的理想，土城許家大概也停留在實驗階段，獨自一人的妳自然無法完成這項詛咒。」

「我可不想被沒有嘗試就輕易放棄的傢伙這麼教訓。」

「許佑容小姐，妳被欺騙了。我不曉得是誰交給妳那個御守，或是灌輸妳這些觀念，然而法則不是這樣運行的，如果可以簡單破壞大天狗施展的術法結界，那丫頭早就離開此處了。」

「我不相信。」

「我接下來會給出證據。請解開御守的繫繩，倒出裡面的物品吧。我可以斷言那個並非比翼鳥。」

「……都說了這個是真貨。」

墨鋒不再說話，靜靜等待。

許佑容惱火地解開御守頂端的金紅色繫繩，將之反轉。

伴隨著清脆敲擊聲響，一個灰白色的骨頭滾落桌面。看不出來究竟是什麼部位，呈現粗短的圓錐型，表面帶著灰白光澤。

墨鋒用著慎重的態度將那個骨頭拿到眼前端詳。

「這個並不是比翼鳥的骨頭。」

「……話都是你在說，難道沒辦法拿出更實際的證據嗎？」

「比翼鳥乃是成雙成對的妖怪，單獨一隻無法存活，使用其骨頭製成的道具應該也該具有相同特性，因此妳早該察覺到異狀了。許佑容小姐，妳應該在更早之前就將成對的御守暗中放到那丫頭會隨身攜帶的地方，推測是書包夾層或縫在制服內側吧，然而那丫頭有出現任何變化嗎？」

墨鋒將骨頭放回桌面，平靜反問。

「那、那是因為欣欣沒有隨身配戴，效果才會減弱——」

「並非如此，單純只是因為這是假貨。」

墨鋒再度斷言。

「妳會對此深信不疑，大概曾經見過真貨的效果。配戴著成對御守……或者說比翼鳥骨頭的兩人狀似瘋狂地彼此相戀，不顧一切地希望共享每分每秒的時間，然而小丫頭沒有出現變化，妳的思緒也沒有受到影響，每種現況都宣示著這個是假貨。」

無法反駁的許佑容不禁捏緊手指，陷入沉默。

「這個就是妳期望的證據。」

墨鋒用著手指關節輕敲了一下桌面，做出結論。

「追根究柢，使用妖怪遺骨試圖強制改變他人的感情，這樣的作法似乎與妳所厭惡的大天狗沒有差別。」

「不要將我和妖怪相提並論！」

「如果妳真心想要幫助那丫頭，我會建議返回土城許家重新學習關於妖怪的一切，即使在除妖這方面毫無天賦也能夠學會關於妖怪的知識，並且將之運用在相關事件。我認識的人就有這樣的例子。」

「……誰會回去那種爛地方。」

「如果妳真的願意為了那丫頭付出一切，應該什麼地方都願意前往吧？沒有天賦並不是藉口。不是將她帶往普通人的世界，而是妳踏入這邊的世界，如此一來，妳會理解到某些至今從未知曉的知識，有辦法站在普通人類以外的觀點去看待世界，到時候——」

「到時候會怎樣？」

「……到時候妳就會像我一樣，深切明白那是多麼艱難且不可能達成的事情。」

墨鋒說完，將頭骨放入胸前口袋，沉聲詢問：

「請問妳將成對的御守放在哪裡？」

「……書包夾層的底部。」

「明白了，本店會負責處理掉假貨，至於這十張鈔票就當作諮詢費用收下了。如果今後有任何關於妖怪物品的煩惱，歡迎再度光臨。」

「希望今後不會再見面了。」

許佑容倏然站起身子，抓起書包，頭也不回地踏出咖啡館。

✣

蘇欣欣站在浴室中央，用雙手抱著身子。

進入咖啡店之前，天空還是濃稠的橘橙色，不過現在從天花板附近的小窗望出去只有深邃漆黑。看不到星光或月光。

蓮蓬頭邊緣還殘留著半弧形的水，偶爾會忽然滴落，發出聲響。

一想到這是連柳庭柔也不曾在黑貓咖啡館做過的事情，蘇欣欣就湧現優越感，不過冷靜下來，這個行為比起想像中更加來得害羞。

顧慮到不好讓墨鋒和許佑容等待太久，蘇欣欣動作俐落地結束沖澡，此刻正站在洗臉台前方努力調整心情，思考著該用什麼樣的態度去面對墨鋒。

黑貓咖啡館裡面沒有鏡子。

對於失明的墨鋒而言，那是不必要的物品。
因此，蘇欣欣也沒有辦法看見自己此刻的表情。
「總而言之，下次見面的時候故意在庭柔姊面前提起這件事情吧，不曉得她會出現什麼樣的反應。真是期待。」
蘇欣欣一邊計畫一邊忍不住笑出聲音。
「——小丫頭，考慮到我的衣物尺寸不合，在儲藏室找了幾件舊T恤出來。妳就湊合著穿吧。之後也不用還我了。」
伴隨著說話聲響，墨鋒推開浴室大門，自然地將幾件折好的衣物放在矮櫃。
對此，蘇欣欣直接愣住了。
幾秒後，蘇欣欣才大夢初醒似的用力抱住胸口，勉強抑制住尖叫卻也難以控制紊亂的思緒，口齒不清地說：
「墨、墨哥！這、這是！咦？誒？嗯？嗯嗯嗯？」
「妳知道我的雙眼看不到吧，沒有必要那麼緊張。制服都髒掉就別再穿了，那麼換洗衣物放在這邊。」
——儘管如此也不能輕易進來吧！自己現在裸體耶！
蘇欣欣啞口無言地想。
「難道妳有什麼傷疤之類的？如果真是如此，那麼先說聲抱歉。」
「靠近左邊肋骨的地方有一個小小疤痕，爸爸媽媽都說不知道那個是怎麼來的，好像某天起床就突然出現了……不對啦！為什麼要在這種時候討論這件事情！請出去啦！不要繼續輕描淡寫地站在這裡！」

「所以說了我看不到。」

「不是這個問題！人、人家現在可是裸、裸裸裸體……快點出去啦！」

蘇欣欣臉頰通紅地將墨鋒強硬推到走廊，用力關上門才失去全身力氣似的癱坐在地板，深呼吸好幾次才有辦法繼續動作。

舊T恤穿起來很軟，鬆垮垮的，帶著某種讓人感到放鬆的味道。

由於心臟已經瀕臨極限了，蘇欣欣沒有去想這件舊T恤有沒有被墨鋒穿過的問題，迅速穿好就抱著制服，拖著腳返回一樓的咖啡館。

「墨哥，謝謝你的衣服。人家會洗好之後還回來的……容容呢？」

「先回去了。」

墨鋒站在吧檯後方清洗馬克杯，平靜回答。

「咦？但是連理御守的事情……」

「已經解決了。她願意將御守交給我處理，並且保證不會再插手相關事情。」

「真的嗎？」

蘇欣欣不禁懷疑地蹙眉。

「容容看起來有點膽怯，不過其實很有主見，認定是正確的事情就絕對不會退讓。」

「這點頗有體會，許佑容小姐直到離開之前依然認為我是一個敲竹槓的店主，語氣強烈且焦躁。」
「這點真的抱歉！人家一定會幫忙澄清的！」
「不用在意，只是如果她又持有御守或其他顯然與妖怪有關的物品，請立刻向我提一聲。一旦接觸過關於妖怪的物品，今後再度遇見類似情形的機率就會大幅增加。」
「沒有問題！」
蘇欣欣將手掌擺在額頭旁邊敬禮，接著露出笑容。
「謝謝墨哥幫了人家最要好的朋友。」
「……這是委託，自然會盡力而為。」
「這麼說起來，人家要怎麼支付費用呀？付現嗎？」
「委託人並不是妳吧。」
「咦？容容居然有付錢嗎？人家還以為她會喊著詐欺，偷偷把鈔票收回去。畢竟是人家推薦容容過來的，一開始就打算替她付了。」
「她確實付錢了，不必擔心。」
墨鋒單手拿著布擦拭著馬克杯，淡淡回應。

✣

頗為強硬地催著蘇欣欣離開咖啡館，站在吧檯後方的墨鋒忽然吐出一大口濁氣，整個人失去力氣地往後跌倒，總算是在最後關頭撐住重心，沒有直接癱倒，倚靠著櫃子緩緩滑落。

墨鋒用右手摀住臉，將掌心抵在眼窩的位置，咬牙忍住逐漸擴散的激烈痛楚。雙眼眼窩彷彿被無數長針刺穿，疼痛深入到大腦內側每一個角落。

墨鋒必須繃緊全身的肌肉才勉強克制住哀號打滾的衝動，然而壓住眼睛的手掌很快就因為用力過度，逐漸感到麻痺，半睜開的視野只能夠看見朦朧搖曳的影像。

「——區區比翼鳥骨頭所散發的妖力，你小子就如此難受嗎？」

伴隨著說話聲，身穿碎花襯衫和寬鬆長褲的古宵慢條斯理地踏入店內，木屐踩出喀啦、喀啦的聲響。他先是富饒趣味地沿著桌椅繞了半圈才踏入吧檯內側，伏低身子觀察。

「龍的詛咒真是難纏，對吧？光是碰觸到強大妖怪的身體殘骸就變得如此難堪……不對，『碰觸』這點應該不是觸發詛咒的關鍵，而是『帶有敵意』這點吧。」

「老、老爺子，既然您都、都來了就幫點忙啊。」

墨鋒在開口的時候又感受到疼痛加劇，急忙用力壓住眼窩，大口喘息。

「放著也不會致命，無所謂吧。老朽至今為止見過試圖屠龍的笨蛋人類都不曾善終，對於這點，你也早該有心理準備了……話說這裡連瓶酒都沒有啊，真是掃興。」

站挺身子的古宵將雙手負在身後，逕自跳到吧檯上面，盤腿而坐。

「該死的，只在那丫頭面前才會擺出一副慈眉善目的模樣……」

墨鋒咬牙說到一半，忽然感受到銳利冰冷的殺氣，喉嚨彷彿被硬物抵住，就連呼吸都感到困難。

不敢貿然動作的墨鋒被迫咬破嘴唇，讓物理性的痛楚蓋過殺氣，維持住理智。

「區區人類竟然敢對天狗大放厥詞，當真以為老朽不會殺你嗎？」

古宵冷淡地站起身子。

伴隨著這個動作，原本佝僂矮小的體格猛然拔高，五官輪廓也變得年輕英俊，同時帶著某種毫無憐憫之心的冷酷。原本的碎花襯衫和寬鬆長褲也隨之變成深色日式衣袴，伴隨著龐大妖力翻捲擺動。

天狗天生是擁有強大妖力的妖怪，在《今昔物語》當中也有天狗修練外道幻術的相關記載。

墨鋒知道這點，卻是首次見到古宵如此劇烈地改變人形外貌，知道他動了真怒，當下用著極為緩慢的速度向前趴倒身子，擺出跪拜姿勢。

「非、非常抱歉，是我太過狂妄了……還、還請發慈悲，給予原諒。」

天狗原本是一種頭部有著白毛、可以抵禦凶災的吉獸，日後因為被賦予「流星」的特性，本質受到流言蜚語的影響，轉而成為表示凶壞、惡兆的妖怪。

當天狗的「謠言」傳至日本的時候約是飛鳥時代，同樣承襲凶兆星的特性，在《日本書紀》就有相關記載，儘管如此，天狗等於流星的概念並未固著，連概念本身都變得極端稀薄，直到約兩百年後的平安時代才以烏鴉嘴、黑羽翼的魔物概念再次登場。

隨著時代推演，日本天狗陸續增加高傲、紅面長鼻、白鬚老者和修行僧的特性，整體概念也與山中修行之人重疊，再度從負面轉為正面，某些地區甚至將之作為山神祭祀。

墨鋒自幼就被教育不存在良善的妖怪，擁有越是強大的力量就越是如此。

認識古宵之後，這個想法更加確鑿。

「老、老爺子，您放任那位許佑容在學校劃設術法結界，我前往解決，排除小丫頭身邊的危害，請看在……請看在這點的份上，給予原諒。」

「強推人情的方式真是粗糙，已經痛到想不出更好的說法嗎？你小子沒有事前察覺到還怪罪到老朽身上？當初締結的契約即是如此，你小子作為代理人，必須解決在中興新村亂來的妖怪和除妖師，份內職責就別拿出來邀功了。」

古宵沒好氣地冷哼，依舊站在櫃檯上面低頭俯視，過了好一段時間才不著痕跡跳回地板，順手從墨鋒胸前的口袋取出兩個頭骨，放到掌心把玩。

「確實都是真貨。若不是她已經受到比翼鳥特性的影響，無法再度產生戀愛感情，說不定真的會被帶出去……你小子，今後特別注意那個土城許家，別讓他們的人踏入中興新村。」

「……是的。」

「這麼說起來，你小子說謊的功力也越來越厲害了，居然將真的比翼鳥骨頭扯成假的，顛倒是非，讓那個女孩自願放棄持有的念頭，省去不少麻煩。這點倒是得誇獎你做得不錯。」

下個瞬間，壓迫在墨鋒周邊的龐大殺氣頓時消散。

墨鋒依然趴伏在地，大口喘息，片刻才抬頭凝視著古宵的身影，低聲詢問：「老爺子，難道您不曾感到任何歉意嗎？」

「老朽可是天狗，自然從未感到後悔。」

「在那丫頭還是嬰兒的時候，您擅自將比翼鳥的骨頭埋入胸前體內，成雙的另一隻比翼鳥骸骨則是隨身佩帶，那樣已經脫離術法的範疇，變成某種詛咒了。」
說到「詛咒」兩字的時候，古宵冷哼一聲。
「十多年來，您用盡各種手段，或是用幻術誘導小丫頭雙親，間接妨礙她參加各種學校活動；或是在她飲用的咖啡豆當中混入妖力，強化比翼鳥之骨的效果，全都是為了讓那丫頭終身無法離開中興新村。」
墨鋒停頓片刻，低聲說：
「那樣的人生可稱不上幸福。」
「她是千百年才會出現一人的稀有體質。若是出生在以除妖為業的家族無疑會成為留名歷史的除妖師，修為或許將不亞於『大陰陽師』的安倍晴明，偏偏出生在普通人家……倘若老朽當時沒有偶然經過此處，早在襁褓時就被其他妖怪生吞活剝了。不僅救了她的性命也保護了這十幾年的時間，還有什麼不滿？」
墨鋒不再爭辯這個無法達成交集的話題，扶住牆壁站起身子，面對面地凝視著古宵。
「墨家的小子，看在順利處理好御守的事情，這次就不追究擅自告訴蘇丫頭關於『受到喜愛的人兒』的帳了，然而此事不可再犯，老朽的耐心是有限度的。」
語畢，古宵將雙手負在身後，緩步離開黑貓咖啡館。
伴隨著逐漸遠去的木屐聲響，宛如有數層半透明的簾幕逐漸向外拉開，依序傳來人群的談話聲、汽車引擎聲以及各式各樣的聲響。
即使結界解開了，體內依舊疼痛難忍的墨鋒無法流暢行動，彎腰在附近摸索片刻，握住拐杖才勉強端正神色，踉蹌坐到椅子。

今後，如果沒有發生天狗大戰之類的嚴重變故，蘇欣欣想必都將待在中興新村……待在古宵的地盤之內，無法離開吧。

唯一值得慶幸的部分大概是她本人終其一生都不會察覺此事。

一生都在天狗的豢養當中愉快度過。

這個時候，腦海再度浮現方才許佑容信誓旦旦的神情。

「所以說了，那不是一件容易辦到的事情……」

墨鋒低聲嘆息，用力握緊拐杖，接著將失去內容物的連理御守扔進吧檯角落的垃圾桶。

第三章　國王的瓊漿

柳庭柔幾乎沒有小時候的記憶。

即使努力回想依舊朦朧不清，只有飛快流逝的模糊片段以及隨著色彩暈開的晃動疊影，逐漸將年齡向上拉升才能夠想起一個關於比自己更矮的男孩子。

那個即是最初的記憶。

話雖如此，柳庭柔認為是那份記憶過於鮮明強烈，才會令其他相較褪色。

站在講台的教授依然侃侃而談著前往洛杉磯參加研討會的趣聞，柳庭柔將視線投往窗外。越過校舍屋頂和栽種在路旁的大王椰子樹，能夠看見柏油路面的搖曳光影。

今天是萬里無雲的晴天。

半發呆似的盯著閃爍光影，柳庭柔繼續陷入回憶當中。

第一次見面的時候，自己並不曉得那名男孩的名字，嚴格來說，當時甚至不曾認識那名男孩，只是在離開大廳時匆匆一瞥。

男孩的瀏海長到幾乎蓋住眼睛，身穿沒有花樣的樸素衣褲，聚精會神地閱讀一本放在大腿的沉重書籍，嘴巴念念有詞。身旁有位應該是父親的男子，那名男子穿著除妖師風格的深色長袍，站在大廳中央和幾位身穿西裝的男子熱絡聊天。

柳庭柔當時正要前往學習小提琴，貼身護衛兼司機是張先生。他留著短短的落腮鬍，身材魁梧，見面時總會精神十足地喊著「大小姐好」。

在轎車後座，柳庭柔好奇詢問關於那對父子的事情，得知了他們是「墨家」的除妖師。

在這之前，柳庭柔已經聽父親說過這個世界存在著「妖怪」。

這個詞彙不足以徹底表達「那種事物」的本質，當時站在父親身旁的除妖師表示世界上不可能有人類徹底理解何謂「妖怪」並且進行闡述，每個人都只是依照自身經歷在遼闊無邊的區域畫出一個以己身為中心的圓圈，權當理解。

既然存在妖怪，理所當然也存在著以此為生的職業。

東方稱為除妖師。

西方稱為驅魔師。

他們接受委託，調查並且查明真相，驅除那些非人的怪異事物。

那名男孩出生於台灣頂尖的除妖世家，儘管如此，據說他完全沒有相關天賦，甚至比起普通人更加差勁。張先生的語氣帶著遺憾與憐憫。

柳庭柔再度想起男孩專注讀書的孤單身影。

父親承諾過會讓自己自由地選擇想要的生活，柳庭柔縱使年幼也知道那是不可能兌現的戲言。身為群聯集團的社長獨生女，打從出生就已經背負著極為沉重的期待與責任。

——自己與那名男孩似乎有著許多的相似之處。

柳庭柔湧現這個念頭，不由自主地對於那名男孩產生同為夥伴的親近感，從此之後總會斷斷續續地打聽關於他的事情。

缺乏天賦的男孩以努力試圖彌補，據說廢寢忘食地學習關於妖怪的一切知識，即使進步幅度微乎其微也依然每日刻苦練習除妖的武藝與術法。

每當柳庭柔對於看似永無止盡的學習感到厭煩時，總會想起他的事情砥礪自己，再度打起精神。

不知不覺間，柳庭柔暗自決定，長大之後要聘請那名男孩作為自己的貼身護衛，讓他知道其實有人一直注視著自己，告訴他默默累積的努力終究會得到回報。

柳庭柔在每年的生日都會許下這個願望。

話雖如此，這個願望因為那起震驚全台灣除妖世家的重大事件，再也沒有機會實現了——在某個暴風雨的夜晚，墨家主宅被無名大火燃燒成廢墟。家主墨端玉、其妻秦慕嫣與二十三名僕役的屍體卻消失無蹤，猛烈雨勢沖走了大部分的痕跡，即使警方研判是遭人縱火，調查卻難以更進一步。找不到兇手也找不到任何一具屍體，最後以懸案了結。

事件的倖存者只有兩人。

那晚，墨家直系的兩兄弟偶然沒有回去位於主宅的房間，睡在火勢並不猛烈的偏房，因此逃過一劫。

其後，天資聰穎的長子被歐洲一個歷史悠久卻苦無子嗣的驅魔家族收為養子；平庸駑鈍的二子則被母方親戚的秦家帶回照顧。當時所有知情人士都認為一大世家的墨家就此沒落了……

下課鐘聲突然響起。

柳庭柔從深深的回憶當中驚醒，一瞬間甚至忘了自己身在教室，愣愣望著黑板好幾秒才趕忙抄寫下作業內容。

同學們紛紛離開教室。

柳庭柔不趕時間地慢慢收拾著課本、文具，在班上同學離開大半的時候才起身。

當柳庭柔踏出教室的瞬間，一位身穿西裝的短髮女性彷彿等待許久似的立刻走上前，亦步亦趨地跟在身後半步遠的位置。

「午安，美幸姊。妳吃過午餐了嗎？」

柳庭柔微笑詢問。

「方才在學校餐廳吃完了，感謝大小姐的關心。」

江國美幸是父親特地從日本聘請而來的貼身護衛，年幼時曾經得過日本全國的柔道冠軍，也有劍道、弓道、合氣道的經驗，並且出身陰陽道世家，無論面對何種情況都有辦法應付。

柳庭柔和江國美幸一前一後地離開教學大樓。

午餐時間，學生們從每棟建築物們口湧出，高聲談論著課程內容、午餐菜色以及各種無關緊要的瑣碎話題。校園充滿活力、熱量與喧鬧。

柳庭柔和江國美幸避開人群，穿過教職員辦公室，搭乘電梯抵達位於地下二樓的停車場。

江國美幸立即上前打開黑色轎車的後座車門，讓柳庭柔入座再快步移動到駕駛座，一邊發動引擎一邊開口詢問：

「大小姐，您今天下午沒有任何預定，請問有想要前往的場所嗎？」

「黑貓咖啡館。我要去詢問父親前幾天提起的那件事情，麻煩了。」

「是的，我瞭解了。」

江國美幸隨即催發油門，緩緩駛出停車場。

柳庭柔看著窗外三三兩兩的大學生，又想起方才在教室的回憶。

「這麼說起來，美幸姊在接下這份工作以前有聽過墨家嗎？」

「是的，曾經聽過。」

江國美幸以報告的口吻回答：

「那是台灣名列前茅的除妖家族。據說墨家子嗣都混著某一支妖怪的濃厚血統，使得他們打從出生就是亦人亦妖、卻也非人非妖的特殊存在，這個血統更是在前代家主的墨端玉身上顯現得淋漓盡致。在出生時便能夠言語，五歲時便能夠擊退妖怪，我們這個世代的陰陽師沒有聽過『墨端玉』這個名字的人反而是極少數。」

「沒有人知道是什麼樣的妖怪血統嗎？」

「眾說紛紜。因為從來不曾見過墨端玉負傷，目前最有利的猜測是擁有預言能力的妖怪，像是中國的白澤或日本的件，卻也有說法是擁有快速治癒能力的妖怪，譬如人魚、鸞鳥或鳳凰……這麼說起來，我記得也聽過可能是中國四大凶獸的其中之一。」

「似乎有不少猜測都是日本妖怪，難道有什麼根據嗎？」

「墨家的除妖手法當中隱約帶著日本陰陽道的影子，即使血統本身和日本妖怪毫無關聯，應該也和日本陰陽師的關係匪淺。」

「原來如此。」

柳庭柔點點頭。

這些情報早在自己調查墨家的時候已經得知了，儘管如此，偶爾提起也能夠以嶄新的角度重新檢視，期許會發現某些一直被忽略的關鍵。

「墨家主宅燒毀了，不過應該還是留有一些線索吧？」

「那之後，墨家主宅交給姻親的秦家管理，徹底禁止外人踏足。秦家是台灣目前最為強盛的家族，在接收了墨家的根基、素材與研究資料之後，這個地位大概百年內都不會動搖了。」

「這麼說起來，秦家的妖怪血統是蛟龍對吧？名列最強的妖怪之一。」

「是的。」

「秦家依然在進行移植妖怪器官的研究嗎？」

「大小姐的情報相當精確。」

「過獎了。」

柳庭柔微笑著說。

據說有將近五成的除妖世家都曾經嘗試各種手段取得更多力量，像是食用妖怪的內臟與血肉、移植妖怪的器官或者在體內某處封印著妖怪。自詡為正道的世家對此表示不齒，卻也操控妖怪作為使役，或者將妖怪屍體作為素材，冶煉成武器，嘗試製做出人造的妖怪相關物品。

柳庭柔以普通人的觀點看來，雙方並沒有太過顯著的差異。

「這麼說起來，我好像沒有問過美幸姊的家族是哪一派？」

「江國是新興家族，沒有方才所述世家的悠久歷史。」

江國美幸平靜地說：

「我的曾祖父在出生時偶然擁有『看見妖怪』的體質，在各種因緣轉折之後成為四楓院的學徒，從零開始學習陰陽之術。」

「四楓院是目前日本勢力最為強盛的家族之一對吧？另外的家族分別是安倍、賀茂、蘆屋、開花院、草壁、野野村、二階堂、春日野、八雲、西園寺和齋藤，被稱為十二家，各自擁有『大陰陽師』安倍晴明曾經使役過的式神『十二天將』其中一體的操控權。」

柳庭柔單手捧著臉頰，流暢地說：

「十二天將則是騰蛇、朱雀、六合、勾陳、青龍、貴人、天后、太陰、玄武、太裳、白虎和天空，源自於結合天文和干支來占卜的六壬神課，每一體的能力都遠遠超過尋常式神的範疇，足以匹敵大妖怪。」

「是的，大小姐在這方面的知識相當紮實且廣泛，令人敬佩。」

「只是記憶力稍微好一些而已。」

「大小姐謙虛了。」江國美幸停頓片刻，繼續說：「話題似乎稍微扯遠了。我的曾祖父曾經認當時四楓院家主的四楓院和義為父親，在四楓院和義死後卻被破門除名，只好自立門戶。」

「知道理由嗎？」

「不清楚。」江國美幸搖頭說：「據說曾祖父直到死前都表示是自己的過錯，四楓院家將祖父逐出門戶，之後卻也沒有其他動作，默許我們繼續使用四楓院家的術法，大概雙方都有難言之隱吧。」

江國美幸自嘲地勾起嘴角。

「雖然也有可能是因為江國的血統逐漸淡薄，判斷無須插手，遲早會自然消滅。我就幾乎看不到妖怪，對於陰陽術的學習也缺乏天分，自認為是一流的保鑣，作為陰陽師卻是遠遠不及格。」

「那麼，美幸姊會想要看見妖怪嗎？」

面對這個突如其來的詢問，江國美幸一瞬間不曉得該如何回答，思索片刻才開口回答：

「我對於目前的生活相當滿意，不曾希冀過會造成強烈轉變的事物。」

「原來如此。」

窗外景色不知不覺間變成高速公路的隔音牆。

柳庭柔不再說話，將全身的重量交放在椅背，閉起眼睛休息。

當柳庭柔再次醒來的時候，窗外幾乎看不到高樓大廈，取而代之的是各種鮮豔綠色。不同於普遍的鄉下田野風光，而是宛如驀然踏入森林的震撼，到處都是濃淡不一的綠色。

柳庭柔放遠視線，凝視著純白雲絮與遠方山巒。

直到可以看見黑貓咖啡館的斜屋頂時，江國美幸放緩速度，將轎車停在路旁。

「那麼我去喝杯咖啡，很快回來。」

柳庭柔正要下車，卻從後視鏡看見江國美幸繃著一張臉，微笑著問：

「還有什麼事情嗎？」

「希望大小姐注意安全……那個男人相當危險。」

「美幸姊每次都會這麼說呢。感謝提醒，不過我認為小鋒只是不擅長與他人相處罷了，如果願意和我一起到咖啡館，親自和小鋒交談，大概就不會這麼討厭他了。」

「我……並沒有討厭墨鋒先生，不如說，我很佩服他。」

江國美幸謹慎揀選詞彙，緩緩開口。

「在家族遭遇如此慘劇，依然能夠從事除妖的工作，意志力相當強韌，甚至在失去雙眼的視力又讓咒力得到更高一層的提升，其中究竟做了多少努力，光是想像就令人肅然起敬，大小姐或許也是因此才會對他抱持情愫吧。」

聞言，柳庭柔的俏臉頓時染上緋色，張口要反駁卻又強忍住聲音。

江國美幸假裝沒有看見自家大小姐的表情轉變，逕自說下去。

「儘管如此，我不曉得他究竟在追求什麼樣的事物，那雙看不見景色的眼瞳總像在凝視著更加遙遠的位置，沒有看著正在面對的人，個性內斂深沉，遠遠不符合年紀……而且甚至和大妖怪的天狗保持良好關係，光是最後這點就相當危險了。」

「大黑山六識坊的古宵先生。」柳庭柔瞭然點頭。

「是的。」

「我聽過幾次這個名字，很遺憾尚未有機會實際見面。從各方面打聽出來的情報都零散破碎，其中混雜許多令人懷疑是空穴來風的謠言，詢問小鋒也總是被敷衍帶過……那位真是如此強大的妖怪嗎？」

「極為強大。」

江國美幸以充滿崇敬和畏懼的語調開口。

「我在小時候聽過許多關於那位的故事……這麼說好了，天狗本身已經是日本妖怪當中位居頂峰的強大血統，那位『大黑山六識坊』更是尋常天狗根本不敢招惹的存在。」

「但是妖怪的強弱很難客觀評斷吧。」

柳庭柔偏頭思索著說：

「日本需要特別注意的強大妖怪有九尾狐、土蜘蛛、鵺、酒吞童子、牛鬼、餓鬼髑髏，天狗也在列其中，然而天狗有辦法用妖力輕易碾壓其他的強大妖怪嗎？」

「大小姐提及的名單都是血統強大的妖怪。在互相爭鬥的時候，血統固然重要，卻也必須考慮到存活年月的長短，也就是妖力多寡……我在此僭越奉勸大小姐不要深究這件事情，今後也不要期待著見面機會，畢竟據說那位的痕跡可以追溯到平安時代。」

「存在超過一千兩百年的大妖怪嗎？」柳庭柔訝然掩嘴。

「那種程度已經遠遠超過大妖怪的境界了，可惜中文似乎沒有一個準確的詞彙能夠形容，人們連提起也會盡可能地避免，所以就——」

江國美幸無奈搖頭，結束話題。

既然如此，為什麼如此強大的妖怪會待在中新興村呢？柳庭柔沒有提出這個問題，微笑說著「感謝忠告」，抬頭挺胸地穿過草坪，走向被幽靜林木包圍的黑貓咖啡館。

雜草高度正巧碰觸到腳踝，刺得有些麻癢。

端起在鏡子面前練習過不下千百次的燦爛笑容，柳庭柔伸手推開掛著「休息中」木牌的大門。

✣

無論何時前來，黑貓咖啡館始終飄蕩著一股遠離塵世的奇妙氣氛。

柳庭柔知道咖啡館周遭設置著術法結界，然而那股氣氛並非來自結界，說是店主墨鋒本身散發的氣質更加恰當。

只要進來這裡，柳庭柔就覺得很放鬆，原本困擾著自己的問題都變得無所謂，忍不住輕笑了出來。

接著，柳庭柔下意識看向吧檯的座位，卻沒有看見那位總是綁著馬尾的討人厭高中少女，不禁鬆了一口氣。仔細想想，現在是平日的午後兩點，高中生理當待在學校教室。

話說如此，視野也沒有見到墨鋒的身影。

店內空無一人。

柳庭柔疑惑等待片刻，直到大門銀鈴的聲響徹底消失才提高聲音喊：

「不好意思，打擾了。」

好半晌，身為店長的墨鋒頂著一頭亂髮從內側走廊進入咖啡館。今日依然是漆黑襯衫搭配牛仔褲的打扮，右邊袖子捲了起來，露出消瘦卻骨骼分明的手腕。

「你在睡午覺嗎？」柳庭柔好奇地問。

「……沒有。」

墨鋒不悅走進吧檯內側，穿上素色圍裙。

「讓咖啡館放空城會不會不太好？如果我是小偷，早就已經得手收銀機內的鈔票，逃之夭夭了。」

墨鋒像是聽見無聊笑話似的搖頭，單刀直入地問：「妳來做什麼？」

「前一陣子靠著各種人脈，好不容易打聽出土城許家的情報，居然不願意陪我聊聊嗎？」

柳庭柔刻意委屈地說，欣賞完墨鋒困擾皺眉的神情才走到擺放著琉璃蘋果的那張桌子，併攏雙腿優雅坐下，從皮包當中取出十張鈔票，慢條斯理地清點了一次後再次疊好，將之工整地放到桌面。

「總而言之，請先來一杯咖啡吧。」

墨鋒沒有多說什麼，開始沖泡即溶咖啡。

淡淡的香氣在店內擴散。

柳庭柔很喜歡觀看墨鋒沖泡咖啡，動作隨意卻分毫不差。

「謝謝。」

等到沖泡完畢，柳庭柔用雙手捧住馬克杯，感受著滲入掌心的熱度，接著喜孜孜地從手提包當中取出早上在大學麵包店購買的兩個檸檬蛋糕。

「我順路帶了甜點，一起吃吧。」

墨鋒微微板起臉，沒有回答。

柳庭柔逕自走到吧檯內側，理所當然地取出兩個瓷盤，回到座位卻見到墨鋒依然沒有動作，開口說：「檸檬蛋糕是我心目中最好吃的蛋糕喔，這家店的又特別好吃。」

「下次別帶任何食物過來。」

「哎呀，難道這間咖啡館禁止外食嗎？」

「這樣不符合規矩，術法會亂掉。」

墨鋒一邊說一邊伸手將桌面的琉璃蘋果擺飾品收入口袋。

「真是抱歉，我會注意的。」

「……土城許家的事情確實欠了妳一次人情，這次就不收錢了。」

「承蒙好意。」柳庭柔笑著將十張鈔票收回錢包。

墨鋒單手拿起檸檬蛋糕，動作緩慢地撕開膠帶，揭開鮮黃色的塑膠包裝紙，直接捏著檸檬蛋糕放入口中。

柳庭柔看著黏在墨鋒袖口的透明膠帶，久違地意識到他看不見事物。

根據自己的調查，墨家主宅的大火與日後被秦家收養的時候，墨鋒都尚未失明，然而那之後的情報幾乎為零，並不曉得原因。

「難得都拿了盤子。」

柳庭柔刻意將瓷盤往前推，輕聲說著「不好意思」，不著痕跡地幫忙取下黏在袖口的透明膠帶。

「檸檬蛋糕的味道如何？」

「還不錯。」

「合胃口真是太好了。」

墨鋒迅速將檸檬蛋糕吃完，用拇指抹去嘴邊碎屑，沉聲開口：

「那麼請問今日為何而來？」

「難得那位姓蘇的聒噪丫頭不在，正好趁機聊聊那些平時總被打斷的話題，不用這麼趕著談正事吧。」

「如果只是想閒聊就請回吧。」

「真嚴厲呢。」

柳庭柔輕笑幾聲，慢慢吃完自己那塊檸檬蛋糕才端正坐姿。

「家父不久前拿到了一個極為稀少的物品，很有可能與妖怪有關，希望詢問相關情報。」

「這麼聽起來，妳並沒有帶在身上？」

「那樣物品目前放在家裡的金庫當中，由十名守衛嚴加戒備，除了父親之外沒有第二個人可以靠近。連我央求了好幾次也沒有獲得許可。」

「知道物品的正確名稱嗎？」

「國王的瓊漿。」

墨鋒的表情出現些微變化，確認性地問：「難道是英國國王的查理二世？」

「正是如此。果然小鋒是這方面的專家，第一次聽見的時候，我可是想了大概五分鐘才想起來那個究竟是什麼樣的物品。」

「聽起來妳也對於國王的瓊漿做過一番研究，為何還要特地過來一趟？」

「只是在來訪之前先做好基本功課。」柳庭柔笑著說：「畢竟不好每次都讓小鋒替我說明各種細節，當然了，更詳細的部分還是得當面詢問專家。」

「這個話題需要先從『食屍療法』講起，需要這方面的解釋嗎？」

「願聞其詳。」

「縱觀千百年的歷史，食屍療法在東西方都不算少見。扣除普通屍體，木乃伊也是盛行一時的熱門藥方，歐洲貴族間曾經盛行過食用木乃伊肉乾的風潮，據說可以治療百病，也會將之磨成粉末，兌入各種飲品當中。」

墨鋒以此作為開端，流暢開口：

「在《本草綱目》當中則有著下述記載——天方國有人年七八十歲，願捨身濟眾者，絕不飲食，惟澡身啖蜜，經月便溺皆蜜。既死，國人殮以石棺，仍滿用蜜浸之，鐫年月於棺，瘞之。俟百年後起封，則成蜜劑。遇人折傷肢體，服少許立癒。雖彼中亦不多得，是謂蜜人……妳的文學程度良好，我就不多此一舉地翻譯成白話文了。」

「我並不擅長國文呢，拿手的項目向來都是數學和理化。」

柳庭柔露出苦笑，卻也流暢地接續話題。

「內容大致明白。讓自願捐軀的老人在死前只食用蜂蜜，死後再將屍體浸泡在蜂蜜當中，百年過後開棺，即可獲得治療跌打損傷的珍稀藥材，名為蜜人。話說回來，請問天方國是現在的哪個地區？」

「現今的中東一帶。」

「感謝說明。蜂蜜的酸度高，也含有一些抗菌物質，確實是另外一種有別於埃及木乃伊的屍體保存方式。」

墨鋒露出「妳這不是早就知道了」的無奈表情，補充說：

「此外，十七世紀的人們認為頭骨磨碎的粉末可以治療頭部疾病；歐洲有著將死者脂肪混合各種藥物製作成軟膏的古老藥方；有些絞刑刑具旁邊會直接放著收集血液的器皿，認為可以藉由飲血獲得力量；許多依附屍體生長的苔蘚、蕈類也被視為珍稀藥材，相關的療法不勝枚舉。」

墨鋒停頓片刻，總結地說：

「話雖如此，這些行為與治療方式大多無關妖怪，至多是侷限在特定區域的怪異層級，而且會越扯越遠，偏離主題，這邊就不再多提了。」

「難道木乃伊不算是妖怪嗎？」柳庭柔好奇詢問。

「本次諮詢的主題是『國王的瓊漿』。」

墨鋒重申說：

「那是將人類頭骨磨成粉的飲用品，據說有著增進活力、強身健體的效果，方才卻也提過那並不包含在妖怪、怪異的範疇，我對此不發表個人意見。信者恆信，無須任何證據，如果抱持堅信不疑的理念，即使只是喝路邊的泥水也能夠得到療效。」

聞言，柳庭柔不禁失笑。

「這樣不也等同於將結論說出來了……那可是費了不少工夫才取得的珍稀品，譬喻成泥水，家父聽到會哭出來的。小鋒明明做著除妖的工作，想法卻相當現實呢。」
「我現在只是咖啡館的店長。」
「是的呢。」
「總而言之，我並不建議普通人主動服用國王的瓊漿。」
「瞭解，我就誠心接受這個建議了。」
柳庭柔端起馬克杯，輕啜了一口咖啡，輕描淡寫地追問：「那麼如果讓木乃伊喝下國王的瓊漿，又會發生什麼事情呢？」
墨鋒突然僵住，難以置信地轉動缺乏光輝的蒼白雙眼，直盯著柳庭柔。
「——原來這個才是前來本店的真正用意嗎？」
「當面詢問專家是最好的。」柳庭柔微笑重複。
「所以剛剛才會試圖將話題帶往木乃伊嗎……拐彎抹角的客套話可以省省了。木乃伊的取得難度遠低於國王的瓊漿，群聯集團如果有心，想拿幾具都不成問題吧。」
「那麼按照小鋒的知識，請問是否有前人曾經讓木乃伊喝下國王的瓊漿？」
「不曉得，我從未讀過相關記載。」
柳庭柔難掩失望地垂落視線，不過很快就端正神色，繼續追問：
「從科學的角度，木乃伊絕對不可能還活著，也不可能在日後復活，畢竟內臟都被徹徹底底地掏空了，肌肉也缺乏伸縮的彈性，然而從『妖怪』或『怪異』的角度，如果讓木乃伊喝下國王的瓊漿，是否有機會藉由『增進活力、強身健體』的效果，使其產生某種變化呢？」

「……在回答這個問題之前，請先說明群聯集團是否在進行『不死』的實驗。」

「家父目前有在鄭重考慮往製藥領域發展。」

柳庭柔正面接受濃厚殺氣，微笑回應。

墨鋒沉默片刻，無奈地繼續說下去。

「永生不死向來是人類所追求的最高理想之一，歷史上有許多帝王君主為此花費大量的錢財與人力，不惜親自嘗試與實驗，然而從那些王朝最終都走向衰敗一途就知道那是不可能實現的理想。」

「如此乾脆地斷言嗎？」

「現在科技可以半永久地凍存屍體，令其不會腐敗；也有不少機構宣稱有辦法人工培養出與本尊沒有差異的複製人，然而生命終將會走向死亡，或許可以延長，或許可以停止，然而不可能避開這個結果，倘若能夠辦到，那種生物也已經無法歸類在生物的範疇了……因此確實可以在此斷言，人類不可能達成永生不死的理想。」

「我換一個問法好了，難道小鋒不希望長生不死嗎？」

「生命之所以存在著意義，正是因為沒辦法持續到永遠。」

柳庭柔頗為訝異地瞪大眼。

「沒有想到小鋒也會說出這種類似哲學家的言論，就我看來，如果能夠活得更久一點，當然是張開雙手歡迎。」

「更久一點和永生是兩種截然不同的概念。」

「嗯，好吧，這樣講有些語病，不過像妖怪那樣活上幾百年也不錯吧？」

「一旦習慣百年的生命就會將之當成理所當然，接著開始奢求千年以上的壽命，最終變得沒完沒了。回到最開始的前提，人類沒辦法辦到這點，因此後續的討論也顯得沒有意義。」

墨鋒換了一個相似的詞彙，再度平靜詢問：

「請問聯群集團正在進行『永生』的實驗嗎？」

「對於這個問題，我也無可奉告。」

柳庭柔保持一如往常的甜美笑靨，這麼回答。

「……那麼回到原本的假設話題吧。讓木乃伊喝下國王的瓊漿，此舉無異於以人類的力量強制混合兩種不成妖怪卻有深厚意念的事物，究竟會發生什麼事情，沒有人說得準，甚至很有可能誕生出嶄新的怪異。」

「會因此出現新的妖怪嗎？」

「是怪異，並非妖怪。」

墨鋒嚴肅糾正。

「那個只是基於各種機緣巧合才出現的短時間變異存在，缺乏知名度，所擁有的信念也不及惡靈、地縛靈一類，轉瞬即逝，無法稱為妖怪。」

「原來如此，受教了。」柳庭柔問：「那麼出現這種結果的機率有多少？」

「我不想要做毫無責任的推測，不確定的因素太多了。」

「大略即可，不然就從九成、五成和一成當中選一個吧。」

「低於一成。」

「既然機率這麼低，應該沒有什麼需要擔心的吧。」

柳庭柔鬆口氣似的往後坐回椅背。

墨鋒皺眉說：「這個只是最初的機率。既然群聯集團把主意打到木乃伊和國王的瓊漿上面了，天曉得之後會再混入什麼樣的奇特物品，況且隨著時間演進，反覆纏繞的執念只會不斷累積。」

「請問這個『隨著時間演進』，準確而言大致是多久。」

「估計十多年至數百年。」

「那麼同樣不需要擔心吧。」

墨鋒微微嘆息，擺出諮詢已經結束的態度，起身走回吧檯內側。

柳庭柔繼續坐著，輕輕轉動已經喝完的馬克杯。

「對了，請問黑貓咖啡館有提供到現場除妖的服務嗎？」

墨鋒猛然止步，平靜地說：

「沒有除妖服務……如果是勘查場地、收集情報，視委託金額和事態的緊急程度而定。定價每日十萬，因為不可抗力的因素逾期，一日加收十萬，以午夜零時為基準。」

對此，柳庭柔面不改色地露出微笑。

「這是世家家主等級的價格呢。」

「要不要委託取決於客人，我只是開出合理價位。」

「那麼如果需要驅逐妖怪的情況，請問該支付多少金額呢？」

「我並不是除妖師，不會接受驅除妖怪的委託。」

「以前曾經是除妖師吧。」

柳庭柔沒有退讓地繼續微笑。

「在勘查現場的時候會發生什麼事情也說不定，以防萬一，我希望得知現場除妖的價位，還是同樣以家主的價位來計算？一隻妖怪一千萬？」

「……如果在勘查現場的時候遭遇妖怪，無論如何都請盡快離開。現在的我只是經營著咖啡館的普通人，最多頂著諮詢師的頭銜，無法負擔驅除妖怪的重大工作。」

墨鋒理所當然地說。

「真是堅持呢……那麼現在先委託現場勘查，天數就兩天吧。」

柳庭柔從手提包當中取出一個裝得鼓鼓的信封袋，用著指尖往前推出，露出更加燦爛的笑容。

「這裡是二十萬元整，麻煩在明天和後天作為臨時顧問到我家一趟。」

這個時候，墨鋒才遲來地意識到自己被誘導了，然而話已經說出口了，也不好當場反悔。

「……真不愧是群聯集團的千金小姐，竟然隨身攜帶二十萬。」

「這些可是我自己賺的薪水喔，和家裡沒有絲毫關係……哎呀，怎麼會露出那麼訝異的表情？難道之前沒有提過嗎？我目前有在經營兩家服飾店和一家麵包店，生意都相當不錯，最近正在籌備自製的服飾品牌。」

「既然如此忙碌，希望今後不要擅自前來本店擔任女僕店員了。」

「那是我的個人興趣，這部分就請店長多多包涵。」

柳庭柔笑著站起身子。

「那麼我先回去了，明天早上會讓美幸姊開車過來……還是現在直接跟著我一起回家？」

「現場勘查需要進行各種準備。」

「瞭解，那麼就明天見吧。」

「最後請讓我再次確認委託內容。」

「我們都認識多久了，這方面不用客氣，如果需要加價就請儘管開口。」

「這是既定流程。」墨鋒平靜地說：「本次委託的日期是兩天，委託內容是到場鑑定木乃伊、國王的瓊漿兩項物品，並且提供相關的情報與知識，委託金額已經事前繳清。上述內容都沒有問題吧？」

「沒有問題喔，那麼我很期待這次的約會，也很期待告訴那位聒噪丫頭的時候，她究竟會有什麼反應。」

柳庭柔說完，不等待墨鋒的反應，笑盈盈地推開黑貓咖啡館的大門，昂首踏出。

✥

目送今天第一位也是最後一位客人離開咖啡館，墨鋒感受著回歸安靜的空氣，繼續站在吧檯內側，直到夜幕低垂才走到桌邊將口袋的琉璃蘋果放回桌面，並且拿著馬克杯回到水槽清洗。

店內替客人準備的杯子一律都是紙杯，諮詢完畢就直接將妖力與殘留的執念都處理掉，以免徒增變數，不過蘇欣欣和柳庭柔經常待在店裡，不知不覺也準備了她們專用的馬克杯。算是常客才有的特殊待遇。

墨鋒的視野當中只能夠見到濃淡不一的漆黑色，雙手卻熟練地清洗著馬克杯。清水從指縫流淌，發出瀝瀝聲響。

等到收拾完畢，墨鋒用著掛在牆面的毛巾擦乾雙手，先鎖上大門才轉身穿過桌椅區，隨手拿起放在桌面的牛皮紙袋，前往二樓。

黑貓咖啡館的二樓總共有四個房間，不過只有兩個房間有在使用，分別是附帶浴室設備的臥室與作為蘇欣欣打工場所的書房，另外兩個房間堆滿了這棟洋房原本的傢俱與各種雜物。

入住之後湧現過幾次打掃的念頭，然而那些雜物當中似乎有幾件古宵的私人物品，如果處理不當會演變成棘手事態，最後都不了了之。

墨鋒簡單盥洗後換成休閒服裝，坐在臥室窗邊的扶手椅，感受著吹入房內的微涼晚風。

「仔細想想，自己有好一陣子沒有離開中興新村了。」

墨鋒暗自計算，接著得出遠遠超過體感時間的數字，在感嘆的同時也陷入某種恍惚狀態。

頃刻之間，墨鋒似乎看見一個關於少年與女孩的夢境。

繾綣懷念的畫面交迭更替。

始終露出笑容的女孩總會拉著少年的手，避開僕役的耳目，興致高昂地在大宅內探險。女孩或許不作他想，只是想要共同玩耍的朋友，然而對於少年而言，那些冒險與各種關於日常瑣事的聊天內容是枯燥生活當中僅有的樂趣，也是不至於被現實壓垮的心靈支柱……

再次回神的時候，窗戶已經透入帶著溫暖熱度的陽光。

墨鋒只能夠感知到微弱的明亮變化，對於自己直接睡在椅子上面的事情不禁皺眉。懊悔歸懊悔，還是立即起身換穿外出用的衣物，披上長袍，收拾著或許會派上用場的物品。

當墨鋒準備完畢，回到一樓的時候卻發現咖啡館的大門開著，然而方才並沒有聽到任何鈴聲也沒有察覺到聲響。

無人的店內飄蕩著一股若有似無的微弱妖力。

「……本次接受客人的委託前往台北，幾天就會回來，結界的運作很順利，地盤也不會出現任何變化。這樣跟老爺子報告吧。」

墨鋒平靜地說。

店內沒有出現任何回應。

那股淡淡妖力依然在店內迴蕩。

墨鋒單手拄著拐杖，面無表情地等待。

片刻，一隻有著兔耳的老鼠從角落鑽出，站在門口發出狗吠般的叫聲，隨即半跑半跳地遠離，隱沒在草叢當中。淡淡妖力隨之消失無蹤。

「本店好歹也是餐飲業，監視的小妖怪怎麼說也別找耳鼠吧……」

墨鋒無奈嘆息，接著正好注意到轎車的引擎聲逐漸接近，停在正門口。

一名身穿西裝的女子匆匆離開駕駛座，快步穿過草坪。

墨鋒從腳步聲知道那人是柳庭柔的貼身護衛——江國美幸。蓄著不及肩的短髮，穿著一套燙得筆挺、深藍色的男款西裝，隨時隨地都保持不苟言笑的態度，當柳庭柔前來黑貓咖啡館的時候也都是由她負責接送。

話雖如此，江國美幸總是待在車內等候，不曾踏入黑貓咖啡館。

墨鋒也僅僅是知道這個人，從未有機會與之交談。

「墨鋒先生，您好。我是服侍柳庭柔大小姐的護衛，名為江國美幸，本日依約前來接送您至目的地進行委託。」

江國美幸躬身行禮。

「麻煩了。」墨鋒順口詢問：「中文說得相當流暢，請問是混血嗎？」

「不是。我在高中畢業就前來台灣工作，自學中文，日常交談的部分應該沒有問題。」

「已經說得很好了，完全聽不出口音。」

「承蒙讚美。」

江國美幸再次躬身，擺手示意。

墨鋒鎖上咖啡館的大門，順手將那枚寫有「休息中」的木牌取下來收入長袍口袋，這才跟著江國美幸走到轎車。

江國美幸率先打開車門讓墨鋒坐到後座，迅速返回駕駛座，啟動引擎緩緩駛離車道，掉頭折返。

中興新村的清晨已經充滿活力，沿路經過幾個市集都熙攘熱鬧。揹著書包的孩童與推著菜籃車的婦女們各自橫跨車道，令江國美幸不得不放緩速度行駛，直到離開中興新村才恢復原來的車速。

原本打算小歇片刻的墨鋒頻頻注意到視線，無奈開口說：

「現在已經算是委託途中，妳的雇主也不會積欠費用。如果有什麼想要詢問的事情就請開口吧。」

「……不好意思，冒昧請教幾個問題。」

江國美幸握著方向盤，直視前方地正色開口：

「請問您是怎麼看待大小姐的？」

「真是一個預料之外的問題。」墨鋒失笑說：「請不必擔心，她只是一位常客，在此之上、在此之下的關係都不會發生。」

「大小姐在提到您的時候，稱呼總是相當親暱。」

「我已經放棄糾正了。如果江國小姐有辦法讓她使用更加正常的稱呼，在此先說聲感謝。」

江國美幸微微頷首，駕駛著轎車上了高速公路。

車外的噪音大幅降低，墨鋒抓緊時間閉目養神，然而江國美幸很快就提出下一個問題。

「如果出現妖怪，能否請教墨先生會如何應付嗎？」

墨鋒忍不住搖頭反問：「這是打算詢問我的底牌嗎？即使我不是除妖師，這個問題也過於唐突且失禮了。」

「咦？非常抱歉，我並沒有那個意思。說來汗顏，我沒有辦法驅除妖怪，考慮到出現萬一的情況必須仰賴墨先生，希望事前得知最合適的對應方式，倘若有所冒犯，真的非常抱歉。」

「……江國小姐是站在分界線內側的人吧？」

「我確實學習過陰陽術，不過年幼時就放棄了，轉而鑽研對人戰鬥的領域。單純論起妖怪方面的知識量還遜於大小姐，大概是比起一無所知的普通人稍微知道更多一些的程度而已。」

「原來如此，不過本次委託是現場勘查，依照實物的情況給出相關知識與建議，並沒有包含驅除妖怪。」

墨鋒讓肩膀輕靠著車門，若有所思地說：

「話又說回來，柳小姐在這方面也頗為奇特，利用各種管道取得連除妖世家都難以入手的古籍、斷章與手抄本，刻苦鑽研，其實不太能夠當作參考基準。」

「深有同感，昨日聊天的時候，大小姐理所當然地說出日本十二族的資料以及諸多血統強大的妖怪名稱。」

墨鋒想起在向客人說明的時候，柳庭柔也經常插話補充，不由得勾起嘴角。

「關於方才的問題。如果在現場遭遇妖怪，請江國小姐立刻帶著柳小姐離開，那是最佳也是唯一的應對方式。」

「屆時，墨先生依舊不打算出手驅除妖怪嗎？」

「事情沒有那麼簡單……距離台北還有兩個小時的車程，我就稍微說明常見的除妖方式吧。」

「洗耳恭聽。」

墨鋒暗忖江國美幸經常使用一些有些彆扭的成語，思索片刻才再度開口：

「妖怪這個詞彙本身就是一種概念。既然是概念就可以對其進行定義，不過定義也會隨著時間、時代更迭出現變化，為了驅逐概念就必須使用更為強韌、穩固的概念。這個即是驅除妖怪的核心。」

「是的。」

「所謂的『除妖驅魔』其實鮮少和妖怪互相比拼力量，因為那麼一來，人類會陷入極端的劣勢，排除掉特殊例子，即使是長年潛心修行、經驗豐富的除妖師，稍有不慎也會敗給名不見經傳的小妖小怪。妖怪與人類的力量差距就是如此懸殊，這些基礎知識，妳應該也知道吧？」

「小時候聽過類似的言論。」

「我對於日本的除妖方式瞭解不深，這邊就不多談了。台灣方面，驅除妖怪的方式主要分為三種——斬斷妖怪的憑依、存在根據；滿足妖怪的執念或慾望；以更為強大的力量使其感到畏懼。」

江國美幸低聲默念著這三種手段，加深記憶。

墨鋒等待片刻才繼續解釋：

「第一種方式最為單純卻也最難達成，停留在理論層面。時至今日，除妖師依然無法準確解釋何謂『妖怪的本質』，對此產生諸多見解與學說，然而妖怪本身就是一種近似於混亂的集合體，其中有踏入神格的境界，像是受到人類崇拜的龍神、蛇神；也有連模樣、型態都不固定，是否擁有智力也令人懷疑的無名妖怪……連妖怪究竟是什麼也不曉得，遑論斬斷其存在根據。」

「所以這是一個完全無法辦到的方式嗎？」

「只能說實行方面極為困難。如果花費許多時間進行調查，對付最低階的靈體、怪異尚且沒有問題，其他就……」墨鋒語帶保留地沒有說下去。

江國美幸點頭表示理解。

低階、中階妖怪的類型極為繁雜，甚至會隨著時間、場所和各種因素產生變化，即使能夠徹底驅除，所花費的時間與勞力也不符合事前準備成本。

高階妖怪則是恰巧相反，擁有悠久歷史和詳盡紀載，無須事前調查，然而要斬斷他們的存在依據也因此變得極無困難，某個角度看來，不啻於嘗試否定一個地區、一個國家的文化信仰。

「第二種方式與其說是驅除，更傾向於交涉，對於能夠言語交流的上級妖怪頗為有效。倘若妖怪成長到擁有思考能力的程度，也會評估利益得失，只要滿足需求，自然也沒有理由繼續憑依他人或是佔據某一個場所不肯離開。最著名的例子就是中國妖怪的『龍子』。那是一種由龍所生、似龍卻非龍的妖怪，在《懷麓堂集》和《升庵集》當中都有相關記載。」

「龍生九子的故事嗎？」

「是的，傳言龍生九子不成龍，各有所好。蒲牢好鳴；囚牛好音；蚩吻好吞；嘲風好險；睚眥好殺；負屭好文；狴犴好訟；狻猊好坐；霸下好負重。這邊提到的九子只是一個概括性數字，在《博物志》當中也有列出鰲魚、憲章、金猊、金吾、虭蛥、蚵蛉和椒圖這些其他龍子與其所好之物。」

江國美幸不太能理解這些較為艱深晦澀的中文用詞，一邊勉強記住各種發音一邊應聲。

墨鋒注意到這點，沒有繼續說明龍子的話題。

「總而言之，越是強大、越是歷史悠久的妖怪，相關的記載就越多，驅除時有辦法投其所好，進行交涉或是利用這點設計陷阱。日本方面也有不少類似的傳說吧，素戔嗚尊在降伏八歧大蛇的時候就利用了嗜酒這項弱點，先用計讓其醉倒，再以十拳劍將頭顱一一斬下。」

「不愧是墨先生，對於日本的傳說也所知甚詳。」

「姑且在做這方面的生意，而且這也是著名故事。」

墨鋒發出輕笑，繼續說下去。

「第三種方式乍看之下不明所以，反而是最常使用的除妖手段，東西雙方皆是如此。無論使用何種方式——虛張聲勢、嚇唬恫嚇、欺瞞愚弄、詭辯誘導，只要讓妖怪放棄執念，願意主動離開即可。」

「這個驅除方法正是我希望詢問的部分。」

江國美幸急忙詢問：

「我依稀記得小時候學過的除妖手段屬於此類，可惜只知道手段，不明白箇中原理。按照墨先生的說法，實際採用的除妖方式豈不是大多建立在欺瞞之上嗎？」

「妖怪是從虛假誕生的存在，使用虛假的手段應付才合乎道理。」

「原來是這樣子嗎……」

「拿著妖怪相關的物品去進行科學鑑定得不出靠譜的答案，不過這樣的說明似乎有些模糊……拿不久前『猩猩之酒』的那件事情舉例。當時柳庭柔在場，妳也該聽過始末吧？」

「是的。」

「如果將猩猩之酒拿去進行科學鑑定，江國小姐覺得會得出何種結果？」

江國美幸一愣，思考著這個從未想過的問題。

在科學的領域當中不存在妖怪、靈體和術法，偶有提及也被視為旁門左道或無稽之談，儘管如此，那些事物確實存在於世間，單純只是無法透過「科學」這個手段進行觀測。

使用「將世界解析至微觀程度」的科學試圖分析「無法觀測」的妖怪究竟會得到什麼結果？即使只是想像，江國美幸連大致頭緒都無法掌握，也無法得出確切答案。

沉思許久，江國美幸才遲疑地開口回答：

「我想會是……得不到任何數據吧？系統會顯示錯誤的訊息提示。」

「如果拿龍的鱗片或鳳凰羽毛，大概會出現那種結果，不過猩猩之酒比較獨特，並非妖怪某部分的軀體碎片，而是經由妖怪之手所製造出來的產品。雖然只是猜測，我認為酒中每樣成分都可以相當精準地被分析出來，人類甚至有辦法按照那些比例，釀造出相似度極高的仿冒品，然而『人造的猩猩之酒』真的可以稱為『猩猩之酒』嗎？」

墨鋒在提出疑問之後就直接給予解答。

「答案是不行。猩猩之酒是由『猩猩所釀造的酒』，除此之外的製造方式就脫離本質，不再是猩猩之酒了。反過來說，只要是猩猩所釀的酒，即使原材料和釀製方式有所差異，依然是猩猩之酒。」

江國美幸沉吟思索，努力理解這些內容。

墨鋒沒有給予太多的思考時間就繼續說下去。

「人類使用名為『科學』的法則建立了當今社會，妖怪則是遵循著另一套獨特的法則存在於世。根據先人傳承下來的經驗，在除妖驅魔的時候，直接踏入他們的世界當中，使用他們的法則會更加有效。」

這個時候，江國美幸恍然大悟地頷首。

「原來如此！所以那三種方式也分別傾向三個方向吧。第一種方式是以『科學』為重，使用科學找出妖怪的存在根據再將之斬除，可惜效果微弱；第二種方式居中，人類和妖怪的法則各半，進行交涉找出平衡點；第三種方式則是完全按照妖怪的法則，所以最為實用、效果也最大。」

「這樣也是一個解釋。妳其實頗有天賦，放棄成為陰陽師有些可惜。」

「過獎了。」

「隨著時代演進，難保將來真的能夠使用科學方式解釋妖怪的本質，屆時，想必會出現同時撼動境界線兩邊世界的重大變化吧……在那天來臨之前，我們依然無法知道『妖怪』和『科學』究竟是背道而馳，或是遲早會在無限遙遠處相交的平行線。」

「非常感謝解釋，這場談話實在受益匪淺。」

「另外，對於一開始的問題……墨家主要驅除妖怪的手段是『施加詛咒』。簡言之，即是將意念化成具有目標性的能量，強硬介入其中，破壞架構使其失效，因此不擅長近身戰也不擅長應付突發情況。」

墨鋒用著不起波紋的語調說完，露出這個話題已經結束的態度，閉目養神。

江國美幸思索著最後那段話，沒有出聲打擾，接著眼角瞥見儀錶板的時間比起預期遲了許多，急忙催發油門，加快速度往台北駛去。

✣

抵達群聯集團的所屬大樓時已經是正午了。

天空晴朗無雲，豔陽恣肆傾瀉。

江國美幸將轎車停放在大樓正門口的停車格，急忙下車打開後座車門。

「感謝。」

墨鋒拄著拐杖站在人行道，以輕快頻率持續敲擊地磚，等到江國美幸走到身旁才開口：

「大樓內部的氣息有些雜亂，也有術法的痕跡……木乃伊和國王的瓊漿理當不會導致這種情況。江國小姐，請問妳知道這棟建築物原本的用途嗎？」

「記得是租賃給員工們的家屬作為公寓使用。」

「是嗎……感謝告知。」

「我的修練不足，無法清晰察知到妖力。請問這樣的環境有危險嗎？」

「暫且沒問題，也有可能大樓某處放置著其他的妖怪相關物品。」

墨鋒拄著拐杖踏入大廳。

大樓外觀是尋常住宅大樓，一樓大廳卻偏向商辦大樓的設計，面向街道的整面落地玻璃擦拭得光可鑑人。櫃台站著兩位身穿制服的服務人員，四名體格精實的警衛則是分組站在大門兩側以及通往建築物內部的走道。

墨鋒麻煩江國美幸簡略說明視野所及的人物，包括身高體格、尺寸材質以及每項物品之間的距離，在腦海構築出大致的立體配置圖。

「——小鋒，遠道而來，真是辛苦了。」

柳庭柔立刻從走廊步出，微笑迎上前。長裙裙擺隨著走動擺動。

「不會，這是委託。」

「請不要表現得那麼客氣啦。」

柳庭柔熟稔挽住墨鋒的手臂，保持在不會太過親近的絕妙距離，領著他踏入大廳內側的走廊。江國美幸面無表情地走在兩人一步遠的後方。

墨鋒試了幾次也甩不掉柳庭柔的纖纖玉手，暗自嘆息。

「昨日被妳用氣勢敷衍過去了，然而群聯集團本身有簽約的除妖世家，這棟大樓也位於秦家的地盤之內，沒有讓我匆匆趕來的理由。」

「我相當信任小鋒的知識與技術。」柳庭柔微笑著說。

「……反倒想詢問這份信任究竟從何而來，妳不曾見過我驅除妖怪吧？」

「我知道你為此付出過許多的努力。」

「那是兩件毫無關聯的事情。」墨鋒再度嘆息：「不過已經承接了委託的此刻，我會盡力而為。」

「那麼就麻煩了。木乃伊和國王的瓊漿，請問小鋒想要先看哪一個。」

「木乃伊。」

「能夠請教為什麼先選木乃伊嗎？」

「國王的瓊漿已經在昨天說明過詳細緣由，只要判別真偽即可。木乃伊的歷史橫跨三千多年，每一個時期所製造的木乃伊都有所差異，對於群聯集團的不死……對於群聯集團的研究項目而言，木乃伊所佔的重要性相當大，因此以那邊為優先。」

「原來如此。」

「這麼說起來，昨日說過國王的瓊漿放在本家的金庫當中，今天卻拿到這裡了？」

「畢竟不好意思麻煩小鋒四處移動，我就先準備好了。」

柳庭柔微笑頂著墨鋒的無言威壓，繼續領先走向建築物內部深處。

「聽說這棟建築物是住宅用途。」

「不久之前確實是租賃給員工家屬居住，原本則是作為辦公大樓使用。由我們集團買下才將五樓以上的樓層改建成為公寓。」

隨著進入大樓內部，墨鋒繼續要求江國美幸說明格局配置。

主要走廊兩側都是寬敞房間，單向可視的巨大玻璃可以看見內部。房間大多擺設著辦公桌、存放資料的鐵櫃以及進行文書作業的電腦設備，卻也有些房間擺放著高價的研究儀器。

許多職員穿著不同於外面櫃檯人員的制服，忙碌走動。

數分鐘後，柳庭柔在一扇金屬門扉前面止步。用指尖推開牆壁的塑膠蓋子，流暢輸入密碼。

下一秒，金屬門扉無聲開啟。

「這裡就是放置著木乃伊的房間。」柳庭柔擺手說。

墨鋒率先踏入其中，很快就皺眉反問：「真的就『只是』放置木乃伊的房間，沒有任何的傢俱、設備？」

「是的，研究在其他房間進行。為了避免妨礙到小鋒，麻煩員工先離開了。」

墨鋒沒有多問，走向房間中央。

手術台似的平台擺放著一具渾身纏滿繃帶的木乃伊。保留著人類的軀體與四肢，從繃帶縫隙可以窺見枯槁乾癟的肌膚。

「當地的集團員工在發現的第一時間就進行收購，因此這具木乃伊的情報並沒有在黑市流傳。性別是男性，死亡時是二十多歲，由於身體外觀沒有明顯損傷，推測是病死。發現位置是在開羅南部的一座小城，關於古墓、石棺和其他細節文件都已經掃瞄建檔，如果小鋒在意，等會兒可以依序唸給你聽。」

柳庭柔拿起手邊的平板電腦，流暢說明。

「木乃伊的狀態如何？」墨鋒追問。

「這是集團當中保存得最完整的一具。左腳的小腿以下有些損傷，其餘部位都相當完整。」

「……這麼聽起來，難道挑選並且購買這具木乃伊的人是妳嗎？」

柳庭柔的笑容稍微僵住了，沒有回答。

「或者說妳是這項計畫的負責人？」墨鋒換了一個說法。

「這個說法……並不太正確。」柳庭柔謹慎地揀選詞彙，緩緩說：「父親不讓我參與公司內任何有關於妖怪的研究，因此我並非負責人。只是這項計畫在書面提案的時候，我就注意到了，認為蘊含著許多價值。」

「為何這麼說？」

「依照我的瞭解，各國的除妖世家或多或少都有在進行妖怪相關的實驗與研究，然而大多是如何更加順利使用妖怪力量，抑或是嘗試使役更高階級的妖怪，鮮少見到嘗試結合兩種妖怪或怪異的領域——」

「——因為那麼做沒有意義。」

墨鋒不等待柳庭柔說完，皺眉打斷。

「除妖師所追求的目標是以更快、更迅速、更安全的方式驅除妖怪，嘗試強行融合兩種以上妖怪的實驗，假使成功了也會導致妖怪一方的壯大，甚至變化出新種怪異，違背了原本目標。沒有家族願意為了這種研究挹注資金和人力也是理所當然的事情。」

「對於普通人的我們而言，這項研究有機會令醫療技術出現突破性發展。」

柳庭柔不服氣地反駁。

「……抱歉，是我失禮了。不應該擅自評論群聯集團內部的研究分針。」

墨鋒用拐杖輕敲了兩下地板，重提主題。

「卡諾皮克罐放在哪裡？」

「房間角落的保險櫃當中。」

柳庭柔立刻回答，接著瞥見江國美幸皺眉思索的神情，微笑解釋：

「那是放置木乃伊內臟的陶罐，也被稱為卡諾卜罈，通常四個一組，分別存放著肺部、胃部、腸子和肝臟。每個時期所製作的卡諾皮克罐都有所差異，並且通常刻有銘文或將罐蓋製作成神明頭部的外型。」

「不好意思，讓大小姐見笑了。這是我的知識不足。」

「只是偶然讀過相關的書籍。」柳庭柔笑著說。

這個時候，繞著手術平台走了一圈的墨鋒猛然停下腳步，將右手放在木乃伊的胸口位置，沉聲詢問：

「為什麼心臟沒有放在裡面？」

「是嗎？前天我過來查看的時候，心臟確實放在木乃伊的體內。」柳庭柔思索著說：「或許被拿走了，記得有一個項目是拍攝所有內臟器官的X光。」

「研究內容是群聯集團的內部機密，不必告訴我。」墨鋒搶先打斷：「那麼木乃伊的部分在這邊告一個段落吧，接著是國王的瓊漿。」

「不打算看看卡諾皮克罐嗎？」

「妳早就掌握了這方面的情報，依照所見所聞將推敲得出的歷史情報再敘述一次也沒有意義。追根究柢，我能夠在這次委託提供多少有幫助的意見也是未知數。」

「小鋒的意見無論一言一字都相當珍貴。」

「客套話就免了。請帶路吧。」

「沒有問題。」

柳庭柔離開房間，熟門熟路地拐過走廊，來到一間寬敞的會客室。

室內寬敞明亮，中央擺放著沙發組，牆面掛著幾幅歐洲鄉村的油畫。

墨鋒聽完江國美幸對於房內傢俱、格局的說明，微微皺眉，暗自思索為何柳庭柔要過來這個顯然不是專門收藏珍貴物品的房間。

「請坐吧。」柳庭柔擺手說。

墨鋒坐到沙發的時候依舊沒有鬆開拐杖，單手拄著，開口說：

「請問國王的瓊漿放在哪裡？那個並非由妖怪製作的物品，不會附帶妖力，因此我看不到。」

「我隨身攜帶著。」

柳庭柔說完，從懷中取出一個裝有白色混濁液體的蠟封玻璃瓶。

瓶身上窄下圓，瓶口則有金色的瓶蓋。

墨鋒單手抓住瓶身，舉到眼前搖晃幾下就放回原位。

「總覺得有點像是在黑貓咖啡館諮詢的情況呢。」

柳庭柔露出微笑，接著才補充說：

「原本份量有兩公升，這個是分裝出來的原液。請問是真貨嗎？」

「國王的瓊漿都是偽品，沒有真貨可言。」

「……能夠請教理由嗎？」

「那是經由人類之手創造出來的物品，換言之，即使是當初為了獻給查理二世所製作的那些國王瓊漿依舊是偽品，無法達到原先預想的效果。」

「沒有使用贗品這個詞彙，而是偽品嗎……」

柳庭柔低聲思索。

「因此我力有未逮，無法給出妳想要知道的答案，煩請貴集團的專業人員進行成分化驗，即可得知這瓶液體是否為妳們想要得到的國王瓊漿。」

墨鋒將玻璃瓶放回桌面，沉聲開口：

「那麼柳庭柔小姐，可以說出讓我過來此處的目的了。」

「嗯？目的就是希望小鋒對於這項研究提出專業角度的意見。」

「妳在這方面的知識量已經足夠，貴集團也已經進入除妖師們不曾涉足的領域，我的意見難以派上用場。關於這點，昨日已經在咖啡館提過許多次了，既然如此，堅持讓我前來此處必定有其他理由。」

柳庭柔尚未開口，遠處突然傳來沉悶聲響。

聲響並非只有一次，接連響起，夾雜著物體碰撞聲響和呼喊聲。

緊接著，天花板角落突然亮起警戒的淺淺紅光。

「……聽起來似乎發生騷動了。」墨鋒皺眉說：「這樣的情況應該不常見吧？」

「我也是第一次遇見，不過此處的員工都是從總公司調過來的，經驗豐富，無論發生什麼樣的意外事故都有能力應付才是。」

柳庭柔單手捧著臉頰，並不擔心地這麼說。

「保險起見，請從緊急出口離開吧，大小姐。」

江國美幸迅速從後腰抽出一柄中央鏤空的短刀，反手持在胸前。

「美幸姊，妳太過緊張了。先釐清騷動的原因吧。」

柳庭柔微笑說完，逕自走向聲音來源。

✣

當墨鋒三人回到走廊，循著聲響前進，隨即看見好幾名警衛聚集在那間擺放著木乃伊的房間門口，神情不知所措。

柳庭柔以集團千金的氣勢朗聲詢問：

「發生什麼事情了？」

四名警備人員立刻站挺身子，繃緊表情，卻沒有任何人開口報告。

「為什麼門打開了？」江國美幸喃喃自語。

柳庭柔疑惑推開警衛，望向房內的瞬間就僵住了。

只見理當早就死亡的木乃伊直挺挺地站在手術平台上面，宛如擁有自身意識似的緩緩轉動包覆著繃帶的頭部，觀察四周。房間角落的保險櫃與存放其中的卡諾皮克罐都呈現毀壞的狀態散落一地，推定就是方才的聲響原因。

「哎呀，木乃伊……活過來了？」柳庭柔詫異地說。

「如果木乃伊這麼容易復活，古埃及文明就不會衰落了。」

墨鋒側身擋在柳庭柔面前，將拐杖當成長柄武器似的一甩，持平舉在胸前。

「運氣真差，睽違這麼多年接一次現場勘查的委託就遇到正體不明的妖怪……算了，其他事情等到結束之後再討論。群聯集團的簽約世家是秦家沒錯吧？」

「是的。」

「這裡在他們的地盤之內，應該很快就會過來處理了……連絡秦家的時候讓他們派經驗豐富的除妖師過來，需要少主等級的程度，務必強調這點，不要讓三流的傢伙過來浪費時間。」

墨鋒一邊吩咐完一邊凝視著依然站在手術平台的木乃伊，嚴陣以待。

「你們聽見了吧！」

柳庭柔凜然吩咐，警衛們立即動作。

這段時間，木乃伊並沒有做出什麼大動作，用著似乎無法妥善控制自身手腳的緊繃姿勢在房內緩緩移動，不時得扶著牆壁、桌角才勉強沒有跌倒，甚至繞著空無一物的原地打轉，胡亂揮舞雙手。

「江國小姐，房間內有其他的出入口嗎？」

「天花板有通風口，依照木乃伊的身形，勉強可以通過。」

「那麼就不能關門了……從妳的位置可以確認到卡諾皮克罐嗎？」

「保險櫃與卡諾皮克罐應該都被徹底破壞了，地板可以看到各種殘骸。」

「對於自己的內臟器官沒有興趣就算了，竟然主動破壞嗎……總覺得越來越撲朔迷離了。」

墨鋒不禁皺眉，隨手從口袋取出一顆彈珠，向前擲出。

紫金色的彈珠劃出弧度，精準地擊向木乃伊的額頭，然而木乃伊沒有閃躲也沒有格擋，彷彿完全沒有注意到打到自己的彈珠與待在門口的三人，自顧自地重複轉動頭部的動作。

「以木乃伊類型的怪異而言，動作太過流暢了，妖力也混了許多雜質……看來有人待在暗處操控木乃伊。妳們中計了，那具木乃伊打從一開始就藏有術法機關。」

「為什麼剛才檢視的時候沒有發現到這點！」

聞言，江國美幸立刻厲聲指謫。

「我有詢問過為何心臟不見了。現在想來，對方在心臟做手腳的機率最大，那個器官對於木乃伊極為重要，據說製作時候只要稍微傷及心臟就會徹底失去復活的機會，再者，心臟本身也是人體的幫浦，擠壓推送的血液會傳送至每一個部位。這個概念相當適合作為術法基礎。」

墨鋒平靜反駁，隨即補充：

「不必太過擔心，木乃伊沒有執著前往特定地點，可以判斷那人的主要目標並非暗殺，不過此處只是群聯集團旗下的一棟建築物，以竊盜為目的也說不太過去……國王的瓊漿並非特別難獲得的物品，為此使用木乃伊作為術法媒介也過於小題大作了。」

柳庭柔聽出話中含意，立刻說：

「這棟建築物內沒有存放其他的妖怪相關物品，只有存放幾具木乃伊，都不是特別值得偷的物品。國王的瓊漿也是今天早上才由我親自帶過來的。」

「所以目的依然有可能是暗殺吧。大小姐，請離開此處。」

江國美幸再度握緊短刀，凝神戒備著木乃伊，低聲勸說。

柳庭柔依然待在原地，偏頭詢問：

「小鋒，假設真是暗殺，為什麼木乃伊沒有立刻攻擊我？」

「或許是術法有某些部分出錯了，導致施術者無法順利控制木乃伊。畢竟木乃伊本身並沒有五官，會連帶影響到施術者……然而應該不至於是這麼愚蠢的理由。」

墨鋒無奈否定掉自己提出的猜測，偏頭詢問：

「聯絡得如何？」

「警衛已經移動至定點，隨時可以降下阻隔門。研究人員與員工也都全數撤離到外面了。」

「建築物內有任何術法結界嗎？」墨鋒追問。

「這個……並沒有。」

「那樣就有些難辦了，普通的警備人員與障礙物沒有辦法阻擋怪異，房間內有複數出口，一旦丟失木乃伊的行蹤，很有可能會在街道大鬧。來程有聽見不少行人聲響，事後處理應該會頗為棘手。」

「那麼就請小鋒在此解決掉那隻木乃伊吧。」

柳庭柔將雙手在胸前合十，微笑著說。

「我並非除妖師。」墨鋒搖頭說。

「這個就算是額外委託，費用任憑開口。請在此解決掉那隻木乃伊，如果可以的話希望盡量保留完整軀體，方便調查幕後黑手。」

「不要說得那麼簡單。我會護送妳和江國小姐離開，快走吧。」

柳庭柔卻依然站在原地，筆直凝視著墨鋒。

「小鋒，做不到與不去做是兩回事。這個計畫對我很重要，如果傷及無辜，肯定就無法繼續研究下去了，希望你在此驅除掉那隻木乃伊。」

墨鋒無奈陷入沉默。

江國美幸看著木乃伊的動作越來越流暢，開始用力捏緊手指又鬆開，難掩焦急地問：

「墨先生，難道沒有其他的解決辦法嗎？那個……某些警備隊員有配槍，請問有需要嗎？我可以立刻向他們徵收。」

「不久前在車內說了那麼多，妳依然以為所謂的驅除妖怪是仰賴單純的火力嗎？那樣直接請軍隊前來轟炸豈不是最省事？妖怪能夠理所當然地吐出火焰、在天空飛翔或是改變形體，那是因為他們根據信念而生、倚靠畏懼維持形體，遵行著一套與人類截然不同的法則。對於他們而言，槍械砲彈幾乎沒有意義。」

「小鋒，時間似乎不多了，請下決斷。」

柳庭柔淡然催促。

「……墨家的除妖方式是『施加詛咒』。對於人類和具有高度智商的妖怪有一定效果，此時此刻，面對本質即是死亡的木乃伊，詛咒的效力微乎其微。在場唯一有辦法對那隻木乃伊造成傷害的人是江國小姐。」

聞言，江國美幸為難地蹙眉。

「我從畢業之後就不再接觸過驅除妖怪的訓練與實戰，就算這麼說也……」

「那麼就麻煩你們兩位協力合作了。」

柳庭柔微笑著說。

聽見雇主的吩咐，江國美幸露出認命的神情，握緊短刀。

「墨先生，請問該怎麼做？」

「把頭砍掉。」墨鋒簡潔地說。

「是的……咦？等等，這個和剛剛所說的方式完全不一樣啊！根本是徹徹底底的物理性手段吧！」

「木乃伊即使被砍掉頭顱也不會死，最多就是拖延一些時間，不過我們也只需要拖延時間，等到秦家的除妖師到場就交給專家處理了。如果能夠破壞掉心臟自然最好，然而對方應該也做了防範措施，暫且就以砍頭作為最優先目標吧。」

「……好的。」

江國美幸深呼吸數次，端正神色。

「請問還有其他的注意事項嗎？」

「妳的對手是木乃伊，不過並非『真正的木乃伊』，而是某種怪異，說是受到操控的提線人偶也行，有很高機率做出違反人體關節可動角度的攻擊，請務必注意。看來那位幕後黑手似乎逐漸習慣操控木乃伊，差不多要開始了。」

此話一出，柳庭柔和江國美幸不約而同地看向木乃伊。

只見木乃伊的動作忽然變得相當流暢，雙手手指接連做出各種靈巧的手勢，頭部則是精準轉向位於房間門口的三人。

墨鋒將漆黑拐杖往地板一敲，發出清脆聲響。

「江國小姐上前攔住木乃伊！不能讓他離開房間！柳小姐退到後方吧！」

「是的！」

江國美幸輕喝回應，兩個箭步衝入房內，低頭避開木乃伊揮出的拳頭，單腳踩在手術平台邊緣，將短刀砍向木乃伊的喉嚨。

短刀的角度、速度和力道都完美無缺，如果對方是普通人類，想必會在下個瞬間被割開喉嚨，即使頭顱沒有被斬斷也是致命傷，然而木乃伊卻幾乎沒有動作，在瞬間小幅度地往後仰，間不容髮地避開刀刃。

揮空的江國美幸往後踏了一步，借力扭動腰部，由下而上地掃出右腳狠狠踢向木乃伊的腦側。

木乃伊這次就沒有順利避開了，被狠狠擊中太陽穴，然而沒有受到傷害的跡象，保持頭顱垂落胸前的姿勢反手抓住江國美幸的腳踝，直接將她整個人舉起來往旁邊摔去。

猝不及防的江國美幸尚未掙脫就被摔出，在地板滾了好幾圈才再度站起，放聲大喊：「這個力道根本不正常啊！木乃伊是這樣的妖怪嗎！」

「殭屍，或者說『旱魃』這種妖怪有著『力大無窮』的特性，如果木乃伊也混雜了這個類型的特性倒也說得過去……江國小姐，請避免正面衝突，伺機攻擊關節部位等弱點。」

墨鋒雙手拄著拐杖站在房間門口，冷靜吩咐。

「盡會說些刁難的要求。」

「如果無法斬下頭顱也無妨，請記得我們的目標是拖延時間，只要等到秦家的除妖師趕到現場即可。」

「……我可沒說辦不到。」

江國美幸深深吐息，再度衝向試圖離開房間的木乃伊。

這次，江國美幸在靠近到木乃伊的攻擊距離之前就急剎，數個踏步左右折衝，引誘著木乃伊朝向房間深處移動。

木乃伊方才展現出驚人的速度，現在卻又顯得動作遲緩，步履蹣跚地追在後方。

江國美幸晃了數個虛招卻都沒有引起反擊，再度一轉攻勢，從後方逼近。

短刀刀刃劃向木乃伊的後腦杓，然而和方才相同，木乃伊的動作在一瞬間又變得極為洗鍊，以毫釐之差避開刀刃。

這次已經預知到這點的江國美幸果斷鬆手，使用肩膀撞上後背。這個動作乍看魯莽，不過在推倒途中精準制住木乃伊的手臂關節，以手肘作為支點，將全身體重都壓在木乃伊後背。

纏滿繃帶的後背頓時凹陷出一個窟窿。

江國美幸順勢翻了一圈，站起身子吁出一口氣，迅速撿起短刀擺好預備姿勢。

站在房間口旁觀的墨鋒從聲音判斷出戰鬥細節，感佩地頷首。

「雖然早就知道江國小姐的身手過人，如此程度還是在意料之外。」

「當然，她可是我的貼身護衛。」

柳庭柔與有榮焉地挺起豐滿胸口。

「父親沒有安插其他護衛就是因為美幸姊的實力超群。在武術這個領域，謙虛來講就是天才，徒手擺平數十名壯漢也不在話下。」

「……那是令人佩服的事情，可惜現在的對手並非人類。」

柳庭柔一怔，收斂起驕傲神色，再度將視線轉回房內。

木乃伊看似沒有受到任何傷害，尚未站穩就搶先衝向江國美幸。即使姿勢彷彿隨時都會跌倒，滑稽當中卻帶著某種異樣的懾人氣勢。

江國美幸直覺性地知道不能硬接，往後跳過手術平台，藉此避開。

來不及剎車的木乃伊跌跌撞撞地往前撞在手術平台，身子一滯，接著突然用力抱緊雙手，強行將平台連同基座整個拔起來，用力往江國美幸砸去。

「——！」

江國美幸愕然抽身閃避。

緊接著，爆音炸裂。

手術平台狠狠砸在牆壁。牆面猛然迸出蛛網的裂痕，石塊紛紛崩落，出現一個巨大缺口。

「牆壁被破壞了嗎？」墨鋒冷靜詢問現況。

「咦？啊，是、是的。」

柳庭柔反射性地回答，露出不敢相信眼前景色的表情。

「隔壁房間是什麼用途？」

「沒、沒有特別的，就是一間實驗室。」

木乃伊發狂似的開始隨意攻擊各種物品，每一拳都帶著磅礡威力。

巨響持續迴盪，塵埃紛紛揚起。

江國美幸沒有辦法靠近，也知道如果木乃伊將攻擊目標轉為自己，這樣的情況下只有後退一途，放聲大喊：

「墨先生！請立刻帶著大小姐離開此處！我會負責纏住木乃伊！」

「……我也很想這麼做，但是柳小姐想必不會拋棄自己的貼身護衛吧。」

墨鋒無可奈何地嘆息，扭動手腕，緩緩甩動拐杖。

「而且不曉得襲擊者身份的此刻，四處移動並非良策，如果對方是集團行動就正中下懷了，最適切的選擇依然是繼續待在這裡，直到秦家的除妖師前來……柳小姐，目前聽來，房間地板並沒有太多的雜物，對吧？」

「是的。」柳庭柔急忙回答：「牆壁缺口處附近有不少碎石塊，也有一些碎片，但是並不妨礙行走。」

「感謝告知。那麼請退到走廊，聯絡值得信任的警備人員前來擔任護衛，如果判斷情況不對就先行離開吧……我會協助江國小姐將木乃伊纏在此處。」

語畢，墨鋒將拐杖重重敲在地板，踏入房間。

✣

面對眼前激烈的戰鬥，柳庭柔只能夠默默地注視，什麼也辦不到。

墨鋒並未出手介入戰局，拄著拐杖在房內信步走動，分擔攻擊，同時搶先一秒……甚至半秒喊破木乃伊接下來的動作，令江國美幸得以避開木乃伊的怪力，甚至有機會趁隙揮刀攻擊。

戰況激烈，幾個吐息的短暫時間，江國美幸與墨鋒都躲過好幾次的致命攻擊，木乃伊身上也出現好幾道用短刀砍出的傷口。

話雖如此，傷口既淺且短，有些連泛黃繃帶都沒有砍斷，木乃伊依舊擁有壓倒性的攻擊力和防禦力，只要準確擊中一次就會令江國美幸失去行動能力。倘若不管江國美幸，全力攻向墨鋒也會令平衡在瞬間傾倒。

木乃伊佔據徹底的上風，甚至展現出某種游刃有餘的態度，在只要持續進攻就可以重創江國美幸的時機點放緩動作，給予喘息空檔，彷彿正在玩弄獵物。

注意到這點的時候，柳庭柔不由得捏緊手指。

這個時候，木乃伊忽然裂開嘴巴，露出發黃缺漏的牙齒發出嘶啞悲鳴，速度再度提升一個階段，揮舞手臂掃開江國美幸之後筆直衝向墨鋒。

見狀，柳庭柔立刻向前奔跑，張開雙手擋在墨鋒面前。

「不要亂動！想死嗎！」

慢了一秒從腳步聲意識到情況，墨鋒放聲大吼。

「想殺我的話多的是機會，他們卻沒有這麼做。因此現在也不會。」

柳庭柔肯定地說，昂首凝視著木乃伊。

結果確實如同柳庭柔的預想，木乃伊對於突然出現在面前的第三者感到遲疑，動作頓時停滯，令江國美幸得以重整姿勢再度衝上前。

「大小姐請退開！」

雖然是從後方死角的攻擊，木乃伊卻精準進行反擊，間不容髮地讓短刀擦過陳舊繃帶，同時揮出拳頭。

下一秒，枯槁拳頭深深打入江國美幸的肚腹，發出沉悶聲響。

江國美幸的身體彎曲成く字形，咳出血沫。

木乃伊側身出腳，狠狠將江國美幸踢到牆角。

墨鋒立刻伸手將柳庭柔往後拽去，單手舉起拐杖，將末端對準木乃伊的心臟。散發的氣場也隨之出現轉變，有如繃緊的弦。

下個瞬間，異變陡生。

一個身影從牆壁缺口進入房間，不疾不徐地走到木乃伊面前。

那是一位身穿漆黑色水手服的少女，容貌年幼清麗，右眼眼角有一顆淚痣，及肩長度的髮絲自然散落在後背。

墨鋒的動作頓時停滯，卻依然沒有垂下拐杖。

柳庭柔詫異地瞪大雙眼，凝視著那名突然現身的黑髮少女，接著才注意到她沒有穿著鞋子。赤裸的雙腳無聲踩在地板。

面對龐大凶狠的妖力，少女沒有閃避也沒有退卻，而是像要接納一切似的張開雙手，抱住木乃伊之後張開小嘴，咬住頸側。

緊接著，木乃伊彷彿受到巨大外力的擠壓，身軀迅速扭曲成不規則的霧狀，朝著頸子高速壓縮，持續被吸入黑髮少女的口中。

柳庭柔無法理解究竟發生了什麼事情，也知道自己內心浮現的想法超脫常理，然而「吸入」是最適合形容眼前景象的詞彙。數秒過後，現場只剩下黑髮少女悄然站立在房間中央。

一片狼藉的房內沒有留下任何木乃伊曾經存在過的痕跡。

黑髮少女用手指擦拭著嘴唇，再次依序瞥了在場所有人一眼。

這個時候，柳庭柔如夢初醒地踉蹌跑到江國美幸的位置，跪坐在旁邊觀察情況，確定還有氣息才鬆了一口氣。

「究竟發生了什麼事情！為什麼木乃伊的妖力憑空消失了！」墨鋒低喊。

「有、有一個女孩子忽然出現，然後把……木乃伊吃、吃掉了？」

柳庭柔不太確定地回答。

聞言，墨鋒的神色從詫異變為深思，陷入沉默。

那名黑髮少女面無表情地再度瞥了墨鋒一眼，從牆壁的缺口悄然離開。在黑髮少女轉身之際，柳庭柔偶然看見她反光的犬齒異常銳利，宛如大型食肉動物。

現場充斥著奇妙的靜默。

好半晌，直到砂土煙霧徹底散去，墨鋒才開口打破沉默。

「江國小姐的情況如何？」

「……還有呼吸和意識，已經聯絡急救人員和救護車了。」

柳庭柔握著江國美幸的手，注意到墨鋒露出了從未見過的神色，開口詢問：

「小鋒，那名女孩是誰？」

墨鋒保持沉默，只是用力捏著拐杖。

「小鋒，回答我。那名女孩到底是誰？」柳庭柔再次柔聲詢問：「你認識她，對吧？」
這次總算有反應的墨鋒抿起嘴唇，片刻才妥協地嘆息。
「她的名字是語陌，是……我的表妹。」

✥

當日晚間，墨鋒將二十萬的委託費用全額退還給柳庭柔，執意返回中興新村，搭乘群聯集團的車輛離開台北。
日後，群聯集團對外公布旗下的大樓瓦斯氣爆，沒有人員傷亡。
媒體很快就放棄這項沒有內幕的新聞，轉而報導其他事件。
事件就此落幕。
話雖如此，身為當事者的柳庭柔無法滿意這樣的結果，三天兩頭就前往黑貓咖啡館，鍥而不捨地追問細節……

✥

距離那場事件數週的上午。
柳庭柔今天依然端正坐在黑貓咖啡館的座位，小口啜飲著即沖咖啡。已經將吧檯打掃得沒有一絲灰塵的墨鋒持續用抹布擦拭桌面，毫不掩飾不耐煩的神色。

「小鋒，如果工作告一個段落，非常歡迎過來陪我聊天喔。刻意挑選平日的上課時間前來，就是為了避免前幾天那樣被聒噪的丫頭干擾。」

墨鋒無奈嘆息，搖著頭詢問：

「請問今天是因為何事推開本店的大門？」

「請坐吧。」

墨鋒再度嘆息，妥協地坐到柳庭柔對面的位置。

「畢竟小鋒也算是當事人，我認為有必要說明後續。關於木乃伊和國王瓊漿的實驗已經中止了，從現況看來，今後重啟研究的機率微乎其微。」

墨鋒沒有對此發表意見，只是微微頷首表示有聽見。

「我並非除妖師，當時也可以猜到木乃伊已經被那位少女『吸收』了。向秦家寄送希望返還木乃伊的信件，不過大概會被敷衍帶過吧，至於國王瓊漿的部分……我提議賣至黑市，多少彌補本項計畫的損失，父親的意思卻是繼續存放在集團的金庫。」

「國王的瓊漿並沒有添加易於腐敗的物品，如果保存得宜，放上百十年並不成問題。」

「是的，我也是這麼想的。這次的事件，相當感謝小鋒的出手協助，如果你當時沒有在現場，美幸姊和我的處境堪憂。」

「我並沒有做什麼值得感謝的事情。」

「非常感謝。」柳庭柔低頭說完，正色地說：「與之同時，我也希望親自向那位少女道謝。」

「這件事情我已經說過許多次……站在秦家的立場，出手驅除自家地盤的怪異是份內職責，倘若放任木乃伊在街道大吵大鬧，秦家也沒有顏面在這個業界混下去了。」

根據柳庭柔的情報網，即使雙眼失明，墨鋒依然能夠看見名為「妖力」特殊力量，同時也暗中進行各種訓練，彌補無法視物的缺點，配合龐大的知識量以及從小待在墨家、秦家接受的菁英訓練，無論採用何種評判基準，他都屬於手段高超的除妖師。

數週前的那場騷動也證實柳庭柔的認知沒有錯誤。

墨鋒展現出無與倫比的戰鬥能力與決斷力，將現場傷害控制在最小程度，儘管如此，那位名為「秦語陌」的黑髮少女卻是輕而易舉地驅除掉墨鋒也感到棘手的木乃伊，這樣的差距實在難以接受。

「既然秦家是群聯集團的簽約世家，不必透過我這個無關人等擔任仲介，直接向秦家遞交會面的申請即可。」墨鋒再度說。

「當然早就提交了，可惜遲遲沒有收到回覆，因此希望透過小鋒的人脈稍微幫點忙。」

「我哪來的人脈可言，尤其在群聯集團的千金小姐面前。」

「那麼我換一個問題吧。請問那名少女的牙齒是怎麼回事？」

對此，墨鋒保持沉默。

「你有你的規矩，我明白也尊重這點。」

柳庭柔繃起俏臉，從錢包中取出十張千元鈔票，整齊疊好放在桌面。

「請給我一杯咖啡吧。這個是正式的諮詢委託，我希望得到關於那名身穿漆黑制服少女的情報，無論多麼瑣碎都可以。小鋒你從來不會拒絕諮詢的委託，對吧？」

「……不好意思，我不曉得。請把錢收回去。」

聞言，柳庭柔忍不住露出訝異的神色，片刻才繼續開口：

「今日上午，秦家發布了一項最新消息。秦家家主的秦豔梅宣布退位，新任家主是年僅十六歲的直系弟子兼孫女的秦語陌，你不會看電視，也幾乎沒有在使用手機，大概尚未知道這個最新消息吧。」

墨鋒意識到自己又被算計，微微皺眉，依舊保持沉默。

「話雖如此，外界幾乎沒有人知道『秦語陌』這名少女究竟是誰……秦律宗是眾所皆知的花花公子，有過許多位前妻以及十三名子女，這個數字當中甚至沒有計入私生子女。秦語陌並沒有在這十三位子女當中，然而那天，你從我所言的簡略情報當中就推敲出她的身分，請問這是怎麼一回事？」

「……畢竟是我的表妹，彼此認識也是理所當然的事情。」

「從當時的情況判斷，你和秦語陌的關係並非單純的表兄妹。」

「這是我的私事。」

「為了保護那名少女，你連自己訂下的規矩都可以違反嗎？」

對此，墨鋒繼續保持沉默。沒有承認也沒有反駁。

柳庭柔強忍情緒地握緊手指，凜然詢問：「日後在這間咖啡館，如果有其他客人委託詢問關於『柳庭柔』的情報，你是否也會替我隱瞞？」

「……我沒有理由回答這個問題。」

「……原來如此。我知道了，不必再說下去了。」

柳庭柔猛然站起身子，將放在桌面的鈔票粗魯抓回口袋，傲然轉身。

「比起那位秦家家主的秦語陌，我可是從更早之前就開始注視著你了。」

留下夾帶著嘆息的話語，眼角噙著淚光的柳庭柔昂首闊步地推開店門。

✣

好不容易送走了柳庭柔，墨鋒在內心琢磨著最後那句話語。

按照自己的記憶，第一次遇見柳庭柔是在開設這間咖啡館不久之後的星期日上午，身為群聯集團千金大小姐的她稀鬆平常地推開大門，希望幫忙鑑定一項妖怪相關的物品。話雖如此，自己小時候也參加過不少政商名流的社交場合，或許曾經打過照面。

千百年來，有許多外國勢力在台灣劃分據點，導致無數外來妖怪棲息在這座島嶼。人類會帶來妖怪，妖怪也會帶來人類，無數流派的除妖師也因為各自的理由前來此處。

紛紛擾擾的勢力爭鬥在五十多年前達成新的平衡，由五個家世背景和除妖技術都臻至頂尖的家族位居頂點，負責統帥追隨旗下的其他家族流派。這五個家族分別是台北的內湖秦家、土城許家，台中的霧峰墨家，台南的左鎮楚家以及花蓮的瑞穗朱家。

五大世家各自擁有一套悠久古典或另闢蹊徑的除妖方式，並且有著曾經驅除、退治大妖怪的實績，獲得其他家族的敬重。

話雖如此，十多年前，五大世家之一的墨家遭受襲擊，主宅在一夜之間被不明大火焚毀殆盡。家主、其妻以及重要門人皆因此逝世，令維持均衡的勢力版圖隨之崩解。

如今，被稱為台灣第一世家的秦家家主秦豔梅宣布退位，可以想見又會引起新的波亂。

「不過那些事情都和我沒有關係了……」

墨鋒淺淺吁出一口氣。

這個時候，繫在門板的銀鈴發出清脆聲響。

墨鋒不想繼續增加煩心事，蹙眉說：

「不好意思，今天已經要結束營業——」

「好久不見了！墨墨！」

一名將長髮綁成馬尾，身穿純白西裝的俊美男子朗聲開口，優哉游哉地踏入咖啡館，先是富饒趣味地環顧店內一圈才誇張地張開雙手走上前。

「咱們這麼久沒見了，要不要來抱一個？」

墨鋒側身避開男子的擁抱，將眉頭蹙得更緊。

「堂堂左鎮楚家的少主竟然光臨本店，真是不勝惶恐。」

「不要擺出這麼疏遠的態度啦，咱們不是高中時代的好朋友嗎？而且是吃過同一鍋飯，一起洗過澡一起睡過覺的摯友啊！」

「運氣不好住在同一間宿舍而已。」

「墨墨真是害羞呢。」楚士玖笑著說：「前些日子麻煩你關照我家社團的學弟妹了，感謝感謝。」

「……如果我事前知道你也在那所學校，絕對不會填寫在志願裡面。」

「又來了，這種傲嬌的態度很容易讓人誤會喔。如果不是我，大概會真的以為在說真心話喔。」

楚士玖逕自走到吧檯，從懷中取出一個銀色酒瓶。

「對了，因為我今天沒有打算委託，所以自備飲品了。你要來喝一杯嗎？這個是很稀有的好貨喔。」

對於那個一聞香氣就知道裡面裝滿猩猩之酒的酒瓶，墨鋒不禁皺眉。

「我不喝酒。」

「你還沒有改掉那個壞習慣嗎？人生會少掉很多樂趣喔。」

「難道那對笨蛋情侶還沒有把猩猩之酒脫手嗎？但是從李小姐當時的反應看來，就算用盡各種方法也會想辦法處理才是……還是說你威脅自家社團的學弟妹，要他們把酒轉讓給你？」

「不是不是，我可是用正當管道買的，花了整整三個月的薪水呢。」

楚士玖旋開瓶蓋，豪邁灌了好幾口。

「最近黑市裡面不知道為什麼多了數十甕的猩猩之酒，那個可真是此生難得一見的熱鬧盛況。原本無論有多少錢都難以買到一口的猩猩之酒就像是湧泉般冒出來，全球的愛酒人士都陷入瘋狂搶購熱潮了，甚至出現大量囤積想要賺上一筆的投機取巧之徒。」

「那批酒很顯然就是賴先生和李小姐的那批吧。算了，所以你到底打算在大學讀多久？從他們口中聽見你的名字時真的嚇到了。」

「放心啦，我自有打算，雖然學校規定最多延畢兩年，如果退學重考，鐺鐺鐺鐺，九月開學再度成為歡樂愉快的大一新生，在前方迎接我的就是光輝燦爛的四年大學生活！」

楚士玖高舉起銀色酒瓶，伸出舌頭等待最後幾滴的猩猩之酒滴下。

「這麼說起來，聽說你和那位受喜愛人兒的感情很不錯吧，難不成在交往嗎？這樣不行呀，對方是未成年的高中生吧，如果事情敗露會被羈押喔，不過禁忌的戀愛確實很棒啊！我作為摯友會支持你的！」

「胡言亂語就算了，這個情報也終於流出去了嗎……」

「我早就知道了，只是這份情報的確是最近流出去的。雖然有那位大黑山六識坊坐鎮，沒有不長眼的傢伙膽敢打那位人兒的主意啦，我今天來訪的時候也先在某座看起來很有氣氛的涼亭前面放了三桶猩猩之酒才敢放心進來。」

墨鋒的內心一懍，暗忖楚士玖的外表和態度都一副吊兒郎當的模樣，其實相當謹慎細心。該做的事前準備絕對不會少，而且面面俱到。

「為什麼突然提起蘇欣欣的事情？」

「因為我這邊有一個機密情報，墨墨，那起事件的幕後黑手是許家。」

「哪起事件？」

「我們之間都什麼樣的關係了，就不要彼此裝傻了。」楚士玖乾脆地說：「我說的是連理御守的事件。墨墨，你今後必須提防許家的人，他們已經將主意打到那位受喜愛人兒的身上了，比翼鳥的御守會出現在她的學校不是偶然，而是精心設計過的結果，近期大概也會有其他動作吧。」

「為什麼你會知道這些情報？」

「因為我家也有在做類似的實驗啦。正所謂知己知彼嘛，花了不少工夫去掌握其他家族的相關情報，不過我家對於受喜愛的人兒沒有任何興趣，這點還請放心，我本人也不想去招惹大天狗，又不是嫌命太長，你說對吧。」

「……這樣反而讓我更加混淆了，你曾經說過那些實驗沒有意義吧。」

「墨墨，你可能因為獨身一人久了，不必理會家族、傳統和弟子那些麻煩瑣事，導致這方面的感覺變得遲鈍了。」

楚士玖依舊保持著吊兒郎當的態度，嗓音卻突然變得低沉。

「我們生活在兩個時代的轉捩點。透過網路這項媒介，妖怪在一年內的變化能夠抵上過去的一百年，甚至大量出現名為『都市傳說』新型怪異……即使那些怪異大多局限於地域，無法擁有強大力量，誰也說不準幾年後的未來是否會有哪位天才發明出劃世紀的新產品，像是腦內晶片、全息投影或是徹底的虛擬實境，屆時那些都市傳說很有可能再度獲得一波新的意念，導致強度超越古老妖怪。」

「也有可能沒有任何變化。網路的情報來得快，消失得也快，人們甚至記不住幾天之前的情報。」

「我們可不敢去賭這個機率。不只有我家，秦家、朱家和許家也都為了適應新的時代不停研發新技術、開發新道具，尋找新世代妖怪的驅除手段，如果慢了一步導致被其他家族超前就完蛋了。」

楚士玖將酒瓶放回懷中，端正神色。

「根據可靠消息，秦家一直以來嘗試的移植手術終於找到突破口，脫離理論朝向實用階段邁進；近幾年，朱家也透過某種不明手段，降伏了大妖怪『蠱雕』和『巴蛇』作為使役；許家更是和東南亞的家族聯手合作，嘗試研發以妖力作為動力來源的機械，我身為楚家的下任家主，如果沒有任何作為，幾年後台灣就會只剩三大世家了。」

「這麼輕易告訴我這些情報沒問題嗎？」

「我們是摯友嘛！」

「……看在這些情報的份上，我就不糾正那個稱呼了。話說回來，楚家向來不在意那些名分，秉持的方針是人不犯我、我不犯人，幾乎不曾離開根據地，你打算破棄那些傳統嗎？」

「如果沒有順應時代，眨眼之間就會被拋在後方了。」

「那麼第二個問題，為何要告訴我這個情報？」

「你早就猜到了。」

楚士玖扯起嘴角，露出燦爛笑容。

「如果希望從操舊業，楚家隨時張開雙手歡迎喔。等到我成為家主，會替你準備好一人之下、萬人之上的職位，到時候還請多多指教。」

「好意心領了。」

「不要回絕得這麼迅速啦，多少考慮一下嘛！楚家目前的聲勢如日中天，非常旺喔，前來拜師學藝的弟子人數也在半年前超過朱家變成第二名了，遲早會超過秦家成為台灣最大的除妖家族。趁早進來卡位才是上策啊。」

「刻意招攬失明的三流除妖師又有什麼意義？」

「謙虛也是你的優點之一呢。」楚士玖笑著說：「我也認同底牌越多越好，最好藏到只有自己知道，你說對吧？我甚至認為你有辦法驅除『龍』呢，墨家前二少主。」

對此，墨鋒沒好氣地聳肩。

「請不要使用那個現在已經不存在的家族的稱呼……再者，無論東方的蛟龍、應龍或西方的有足龍都是位居妖怪頂點的存在，甚至足以攀到神格境界，即使是以聯手作戰聞名的日本十二家家主同時面對一條龍，傾盡全力也只能夠勉強戰成重傷不死的結果，我一介失明的落魄除妖師有辦法驅除龍？夢話還是留著等睡著時再說吧。」

「好吧，驅除這個用詞不太精確，畢竟對於除妖師而言，要戰勝妖怪有許多手段。」

「……無論使用何種手段，龍都是不可能戰勝的存在。」

「這可說不准，古今中外有著許多關於屠龍的傳說。」

「由人類創造並且在人類之間傳頌的故事，自然會加油添醋、誇大其辭。那些缺乏實質證據的傳說故事就如同有人嘗試赤手空拳擊碎鑽石，終究是不可能辦到的妄想。或許因為某種陰錯陽差，某顆鑽石的表面產生裂痕；或許錯以為別種礦物為鑽石而打裂，最終也僅此而已。人類不可能空手擊碎鑽石，人類也不可能屠龍。」

「你還是沒有變呢，從高中就老愛說些缺乏夢想的話。」

楚士玖勾起嘴角，無奈攤開雙手。

「我在這個話題拿不出實際證據，這次就先算你贏了。話又說回來，依舊喜歡刻意貶低自己的習慣還是改改吧，從前些日子的交手就知道了，明明修為完全沒有落下，如果不是新任的秦家家主跑來攪局，大概就可以逼出你的其中一張底牌了。」

聞言，墨鋒首次露出凝重神色。

「搞什麼，當時操控木乃伊襲擊群聯集團的那名除妖師就是你嗎……現在想來，途中有一段時間，明明可以打出致命傷卻偏偏收手後退。」

「居然連這種事情都看出來了，不愧是我的心之摯友！」

楚士玖誇張地做出往後跌倒的姿勢，發現墨鋒不買帳之後才「嘿」了一聲重新坐好。

「抱歉抱歉，我想說那種偏僻的研究大樓戒備鬆散，沒有特別準備監視用的手段，結果忘記木乃伊沒有眼睛，打了好一會兒才覺得不太對勁……當然啦，如果最初知道對手是你，我就直接舉起雙手投降了。」

楚士玖笑著擺出高舉雙手的姿勢。

墨鋒表情不善地問：

「為什麼這麼做？又是你口中的某種實驗或遊戲嗎？」

「單純只是有人委託楚家襲擊群聯集團的大樓啦，取得一些相關資料，至於木乃伊確實是我個人的小實驗沒錯。」楚士玖聳肩說：「其他的內容依照客戶希望，必須保密，請不要過問。」

「那個時候，你打算暗殺柳庭柔嗎？」

「不不不，楚家可不接殺人的委託，我們追根究柢依然是除妖師，沒有必要自降身分去搶殺手的工作，他們也要混口飯吃嘛！最多就是依照客戶的要求讓目標詛咒纏身、半生不死而已。」

「當時感受到的殺意貨真價實。如果我不在場，柳庭柔已經喪命了。」

「都說了我家不會接殺人的單啦，真的啦，這邊應該要相信我吧，畢竟又沒有理由騙你。」

楚士玖露出大大的笑容，繼續說：

「既然墨墨接下群聯集團的委託，我這邊就稍微退一步，不會再插手這件事情，反正情報已經拿到手了。這麼一來，你也可以對那位千金大小姐有所交代，我們都雙贏，真是不錯對吧！認識那樣的大小姐真好呀，如果墨墨嫁入群聯集團，後半輩子都不用擔心了。」

「說什麼蠢話。」

「如果那位端莊賢淑的大小姐願意垂青，我可是會忙不迭地上門拜訪未來的岳父岳母呢。」

「那麼你就快點去找一戶大財閥的小姐求婚吧。雖然是這副德性，好歹也頂著左鎮楚家的少主名號，不挑的話大概可以順利入贅吧，到時候的喜帖記得寄來這間咖啡店。」

「墨墨總是喜歡轉移話題。那麼關於方才的提議，考慮得如何？」

「不管問幾次都一樣。」

聞言，楚士玖再度誇張地單手摀住心臟，以慢動作的速度向前跪倒，雙手撐住地板深深吐息，接著甚至整個人打橫翻倒，左右滾動。

墨鋒無言聽著衣物在地板摩擦的沙沙聲響，片刻才問：

「……你究竟想要什麼？」

「畢竟墨墨吃軟不吃硬，想說稍微耍點性子或許就會同意前來楚家了，畢竟下跪耍賴又不會少塊肉，如果可以讓你點頭就完美了。這個可是穩賺不賠的做法。」

「堂堂下任家主就不要整個人躺在地板打滾了，西裝都髒了。」

「好吧，看起來沒什麼效果。你也順便提醒了我等等回大學宿舍要先繞去超市一趟買洗衣粉，宿舍的存貨快用完了。」

楚士玖猛然恢復冷靜，站起身子伸手拍去灰塵，正色重申。

「真的不考慮一下嗎？只要成為我的人，楚家所有資源都任君使用。比起獨自在這種偏僻的小城鎮經營咖啡館收集情報，或者是紆尊降貴地當天狗的打雜小弟，前來楚家肯定可以更快找到當年在墨家宅院縱火的真兇。」

「……回覆還是沒有改變，請容許我拒絕。今天刻意前來本店就是為了告訴我關於許家、群聯集團和木乃伊的事情吧，除此之外，還有其他忘記沒說到的事情嗎？」

「我不喜歡偷偷摸摸的行為嘛，自己做的事情就會光明正大承認，沒什麼好遮掩的，而且如果事後才被你察覺，說不定會產生什麼誤會。上司和下屬之間產生嫌隙就不好了，會嚴重影響未來的關係。」

「你這傢伙真的沒有在聽別人講話耶。」

「好啦好啦，今天就先回去了。日後再見，這段時間不要太想我呀！」

楚士玖微笑著走上前，做出擁抱的姿勢，趁勢將名片半強硬地塞到墨鋒的口袋，接著才轉身踏出黑貓咖啡館。

清脆的鈴聲在店內回響，餘音久久沒有飄散。

✣

時間略為回溯。

柳庭柔踏出黑貓咖啡館，保持低著頭的姿勢快步穿越草坪，直到坐上停放在路旁的轎車才表情一凜，用手背擦去殘留在眼角和臉頰的淚水。

江國美幸坐在駕駛座，從後照鏡觀察著柳庭柔的表情，忐忑不安地開口：

「大小姐，請問需要面紙嗎？」

「只是假哭了幾滴眼淚方便離開……這次挺順利的，不過小鋒很擅長從語調識破謊言，今後如果要繼續騙過他還是得多加練習。」

柳庭柔隨手將安全帶繫上，平靜地說：

「這下子也有了再來黑貓咖啡館的理由，名正言順，小鋒也不會趕人吧。可以出發了，得趁著天黑前趕回台北。」

「……是的。」

江國美幸急忙催發油門。

柳庭柔倚靠著車窗，凝視逐漸隱沒在林木當中的洋房，心有不甘地咬住嘴唇。

「沒想到小鋒竟然如此包庇那位秦語陌，這點實在是預料之外，原本以為咖啡館的規矩優先於其他一切事物……美幸姊，秦家有發出新的聲明或動作嗎？」

「自從公佈秦豔梅退位以及由秦語陌繼承家主之位，秦家就未再發表其他消息了，秦豔梅與秦語陌兩人拒絕所有會面。雖然尚未收到回覆，大小姐提交的申請大概會被拒絕。」

「對於秦家而言，群聯集團畢竟只是其中一個締結契約的公司。」

柳庭柔不甚在意地聳肩。

「大家都知道即將發生某些撼動整個世界的事情，秦家家主的更替只是一個開端……說起來，秦豔梅的年紀也不可能繼續領導家族，早在十多年前就該讓位了。」

「據說秦豔梅女士的除妖手腕並未退步，甚至超過年輕時期。」

「實力和領導家族是不同的領域。」

「是的。」

江國美幸頷首回應，停頓片刻後繼續問：

「這個問題相當潛越，但是能夠詢問為何大小姐如此執著於墨先生嗎？」

「——他是我的目標。」

柳庭柔毫不猶豫地給出回答。

「我從未見過比他更加努力的人，也從未見過比他更應該得到回報的人。對於我而言，小鋒是始終走在前方的背影，讓我在無力疲倦的時候有一個寄託，倘若沒有遇見小鋒，我大概在孩童時代就已經崩潰了……現在努力營造出俐落能幹的形象，私底下可是很會自尋煩惱的，光是出席集團舉辦的宴會就會煩惱到一整晚都睡不著。」
「我認為這是大小姐富有責任感、凡事都盡心盡力的優點。」
「感謝誇獎，不過如果可以，還是想當一個事到臨頭再來想辦法處理的樂天派。」
由於柳庭柔總會在移動途中進行思考，轎車內不會撥放廣播或音樂。一旦兩人沒有交談，只能夠聽見空調的嗡嗡聲響。
江國美幸握緊方向盤，再度開口：
「那麼……請問大小姐為何要雇用其他世家的除妖師襲擊大樓？」
聞言，柳庭柔始終凝視著窗外景色的雙眼掠過一絲寒光，緩緩看向後照鏡。
「明明連小鋒也沒有察覺，我還以為自己做得非常完美呢……為什麼美幸姊會發現這點呢？」
「希望大小姐能夠回答這個問題，否則……」
「打算辭職嗎？」
「我擔任護衛也有好幾年的時間，從大小姐就讀國中的時候就看著您成長，私底下也將您當作妹妹般對待，然而苦思數天依舊無法理解為何選擇那麼做，因此……是的，如果您的回答無法說服我，請容許辭退貼身護衛一職。」
「那麼先折返一小段距離，回到中興新村再說。」
柳庭柔乾脆地說：
「那裡是大天狗的地盤，沒有除妖師或情報販子膽敢在那邊遊蕩，說是全台灣最適合談論祕密的場所也不為過。等一下無論妳提出什麼問題，我都會據實以告。」

「請問工作該怎麼辦？」

「放著等明天處理吧，工作怎麼可能比美幸姊的問題更重要。」

「……明白了。」

江國美幸放緩車速，在十字路口繞了半圈，掉頭駛回中興新村。

傍晚時分的天際邊緣殘留著詭譎的紫紅色。雲絮散成無數絲線，在遠方的山巒頂端逐漸消失。

在柳庭柔的口頭導航之下，轎車先停在超市，買了幾瓶高價的日本酒，接著前往一個位於道路盡頭的小公園。高聳的針葉樹形成天然屏障，在茂盛翠綠的林木當中有座古樸的木造涼亭。

柳庭柔率先下車，踩著輕快的腳步向前走，張開雙手感受夜風。

「其實我挺喜歡中興新村的，這裡能夠清楚感受到時間和季節的變化，以及那些平時忽略的微小事物，適合散步和休息的場所更是隨處可見。退休之後住在這裡似乎也不壞。」

江國美幸並未對此發表意見，提著裝有日本酒的塑膠袋，跟在後方。

「像現在這種傍晚，在日本會稱為逢魔時、大禍時吧，莫約在六點前後，白晝與黑夜的輪替之際，由於光線昏暗到無法辨識站在彼端的那人究竟是誰，乃是容易遇見妖怪與怪異的時刻。」

「是的。」

「美幸姊有在逢魔時遇過妖怪嗎？」

「並沒有。」

「唉……美幸姊只要固執起來就沒輒了，好啦，我不再聊這些無關緊要的事情緩和氣氛，好好來一場姊妹之間的促膝長談吧。」

柳庭柔率先走到涼亭中間的長椅，併攏修長的雙腿坐下。

江國美幸遲疑片刻，坐在柳庭柔的對面。

「那麼，麻煩美幸姊先說說察覺到了什麼事情吧。」

雖然知道這是刺探情報的常用手段，江國美幸還是頷首回答：

「只有隱約猜出大小姐這次的計畫。當時被襲擊的時候，大小姐有好幾次都出現不合理的反應，事後琢磨才會意識到這點。」

「所以剛才只是在套我的話嗎？哎呀哎呀，早知道就裝傻到底了。」

「大小姐……」

「當然是開玩笑的，我可捨不得讓美幸姊辭職呀。這個問題的答案很簡單，不久前小鋒也說過了。」

柳庭柔沒有遲疑地給出回答。

「關於木乃伊與國王瓊漿的研究沒有未來可言。如果只是難以做出成果還有一試的價值，然而那個成果無法應用在現實層面就毫無意義了。我注意到這個關鍵的時候太遲了，研究計畫已經開始，父親也挹注大筆資金，如果喊停會讓先前大力支持這項計畫的我的立場變得相當微妙。」

對此，江國美幸難以理解地皺眉。

「因為這樣，您就委託除妖師襲擊自家公司嗎？」

「是的。」

「既然如此，為何要刻意製造出那麼混亂的場面？如果單純要破壞計畫，只要委託那位除妖師竊走木乃伊、國王的瓊漿即可，大小姐無須前往現場，也無須將墨先生牽扯其中吧？」

「因為小鋒始終不肯承接驅除妖怪的委託，很是固執，只好花費些許工夫讓他離開中興新村，進而陷入不得不出手的局面。若是那位秦語陌沒有出手攪局，就可以見識到小鋒的除妖手段了，運氣好說不定還可以趁機見識到墨家的專屬術法。早知道就拖延點時間再去連絡秦家。」

柳庭柔真心感到可惜似的蹙眉，接著話鋒一轉。

「這麼說起來，美幸姊近距離觀察過小鋒的動作，妳認為他的底牌是什麼？」

「……在無法視物的情況下，墨先生能夠做出那般的動作已經不是『天才』兩字可以形容了。他在短時間內將房間格局以及所有物品的位置牢記於心，從聲響推測出變化，接著再臨時進行反應。這個絕非常人有辦法達到的事情，即使再有天賦也不可能，只能夠說墨先生經過了難以想像的大量時間練習才有辦法辦到這點。」

「小鋒確實是一位努力家。」

柳庭柔與有榮焉地露出微笑。

江國美幸卻依然無法順利調適心情，忍不住問：

「換句話說，那個時候……您是故意跑到木乃伊面前嗎？」

「當然，否則等到秦家的除妖師抵達現場，小鋒就更不會出手了。」

「那麼做很危險吧。」

「我相信美幸姊和小鋒會保護好我的。」

「能夠請教操控木乃伊的是哪位除妖師嗎？」

「楚士玖。」

「楚士玖難道是……左鎮楚家的下任家主嗎？」

江國美幸因為預想之外的名字大感愕然，片刻才吶吶地問：

「為何那種四大世家的少主會接下這樣的委託？」

「他和小鋒是高中同學，這點我在之前調查的時候就知道了，親自見面則是在不久前。本人也如同傳言那樣吊兒郎當、嘻皮笑臉。」

「所以真的是因為木乃伊沒有五官才會使得動作那麼紊亂嗎……」

江國美幸說完，猛然意識到這麼一來，楚士玖等同於在隔絕五感的情況下操控木乃伊和自己戰鬥，即使一開始的時候稍嫌生疏，有辦法在短時間內就熟悉到那種程度也是超俗絕世的天才。

「話雖如此，那樣的個性之下是步步為營的謹慎態度，城府極深，我旁敲側擊了好幾次也問不出來他究竟為何想要國王瓊漿的相關研究資料。等到他接掌家主之位，想必楚家會迎來全新的局勢吧。」

江國美幸凝視著眼前始終保持微笑的柳庭柔，忍不住開口詢問：

「大小姐，請問您到底想要達成什麼樣的目標？」

「當然是全部。」

柳庭柔勾起嘴角，語氣輕柔卻堅定。

「無論是調查出墨家主宅失火的理由、協助小鋒報仇、達成他的願望以及成為戀人陪伴他度過接下來的人生，這些事情我全部都會達成。打從得知墨宅大火的那次生日，我每年都會許下這個願望。」

這個瞬間，江國美幸忽然感受到一股從心底滲出的畏懼。

擔任柳庭柔護衛超過十年的時間，自己其實從未理解過這名女子，朝夕相處卻連她的內心一隅都不曾窺見。

「請問美幸姊還有其他問題嗎？」

「……沒有了，感謝大小姐願意回答我的疑惑。」

柳庭柔勾起嘴角，用著柔和的語調詢問：「我們依然還是好姊妹吧，美幸姊。」

「……是的。」

「那麼今後也請繼續多多指教了。」

柳庭柔滿意頷首，依序將日本酒從塑膠袋當中取出來，整齊排列在桌面，瞥了眼涼亭角落三個空掉的深色酒甕，這才站起身子，抬頭挺胸地走向停放在不遠處的漆黑轎車。

第四章　龍牙

秦語陌睜開眼睛。

模糊的視野經過好幾秒才聚焦，天花板的紋路率先映入眼簾。宛如波紋的複雜紋路讓她一時之間感到有些暈眩，用力眨眼，又花了好幾秒才半坐起身子，緩緩起身踏出房間，前往浴室盥洗。

鋪設著木板的走廊空無一人，縈繞著薰香的淡淡氣味。

浴室匯聚著寒冷的空氣。當冰水碰觸到嘴巴的時候，牙齦立即傳來滲入深處的酸楚疼痛。半邊臉頰變得又疼又麻。

秦語陌用力咬緊牙關，忍住想要將臉頰撕裂的衝動，繼續漱口。

十多分鐘後，等到那股疼痛逐漸消退，秦語陌才結束早晨的盥洗。

返回房間換穿正式服裝的素色長袍，繫緊紅色腰帶，秦語陌用力吐出一口氣，再次提振精神，面無表情地前往主宅。

此刻的自己是秦家家主，一舉一動都不能失禮。

途中，戴著面紗的僕役們遠遠看見秦語陌的身影就立刻停下動作，頷首躬身地退到走廊兩側，靜待她離開才再次動作。

秦家主宅位於台北內湖的深山盆地，佔地遼闊。主宅以外的建築物就超過三位數，除了秦家的直系血親，也提供給旁系弟子以及其家屬居住、使用。以直系血親的住所為中心，呈現放射型向外擴散，儼然自成一個小城鎮。

其中不乏鋼筋混凝土的現代公寓，秦家主宅卻是純木造的古樸建築物，充滿時代流逝的痕跡，被眾多大樓包圍在中央。

秦語陌大步走過小橋流水的迴廊，刻意避開耀眼的陽光，走在陰影一側。

片刻，秦語陌停在一扇繪有秦家家徽的拉門前方。

「我要見奶奶。」

門旁戴著面紗的僕役緩緩躬身，先用手指關節輕敲三次門板，接著才退到死角，跪坐著用指尖拉開門扉。

那是一間狹長縱深的廳堂，異常晦暗，幾盞燭光勉強照出擺放在深處的太師椅以及坐在椅上的女子輪廓。明明外面已經是白晝，房內時間卻彷彿停留在深夜，以斜斜照入門口的光線作為分界線，向前一步宛如踏入不同的世界。

秦語陌不疾不徐地邁步，在距離十步的位置停下。

光線晦暗的緣故，依然無法看清坐在太師椅的那人面容，只能夠勉強從搖曳燭光看出滿是皺紋的雙手。

秦語陌用著緩慢卻極為謹慎的姿勢跪坐在地板，依照從小被教導的規矩，向著自己的奶奶跪拜請安。

「您早。」

「……早。」

秦豔梅用著沙啞的嗓音回應。

秦語陌的奶奶秦豔梅是秦家的前任家主。

在十五歲的時候展現出超俗絕塵的天賦，壓倒其他候補，成為秦家有史以來首位女性家主，統率秦家近千名門人。不僅個人修為出眾，她也積極進行各項嶄新研究，開創出數種即使是普通水平的除妖師也可以更快驅除妖怪的手段，使得秦家的威勢水漲船高，甚至令墨家、朱家和楚家不得不聯手抵抗。

毫無疑問的，秦豔梅本人足以代表除妖界的一個時代，在她三十歲的時候，回絕了海內外各大世家的婚約，執意與一名不曉得妖怪存在的普通男子共結連理。

婚後，秦豔梅退居第二線，名義上依舊是秦家家主，卻將大部分的事務交由其他人處理，不再出手除妖也不再出席公開社交場合，唯有在面對特別難纏的妖怪時才會離開秦家主宅。

數年後，秦豔梅產下二子。

長女名為秦慕嫣，次男名為秦律宗。

秦慕嫣繼承了秦豔梅的絕美容貌與天賦，七歲時的第一場實戰就獨自驅除了妖怪「長右」，個性親和溫柔，數次主動前往其他家族進行交涉，化解秦豔梅年輕時期樹敵的恩怨，展現除妖以外的異樣才能。當所有人都認為台灣除妖界在接下來百年都會是秦家執牛耳的時候，變化卻接連到來。

理應繼承秦家家主之位的秦慕嫣在十六歲時捨棄與左鎮楚家直系弟子的婚約，以近乎於私奔的方式嫁入墨家，成為當時墨家家主墨端玉的妻子。

對此，秦豔梅勃然大怒，數次討人未果後公開宣布斷絕母女關係，視墨家為仇敵，甚至揚言只要墨家人出現在她面前就殺無赦。極其偶然的，秦豔梅的丈夫在不久後病逝，兩起事件的打擊令秦豔梅恢復年輕時期的倨傲脾氣，拒絕將家主之位交與天資平庸的秦律宗，親自站回第一線，以強勢高壓的風格領導秦家。

直到在內心默數到一百，秦語陌緩緩地恢復站姿，再度行禮後退出廳堂。

秦豔梅並沒有做出任何回應，依舊坐在扶手椅，凝視著遠方。

✣

結束每日早晨的請安，秦語陌大步離開廳堂，前往位於東側廂房的練武場。

附近大樓當中建有最新設備的健身房與訓練中心，因此秦家的直系弟子大多不再使用位於主宅的室內練武場。

當秦語陌抵達的時候，毫不意外的，練武場空無一人。

寒冷的空氣在地板附近迴蕩。

秦語陌走到角落的武器架取下一柄未開鋒的長劍，凜然走回練武場中央，開始進行最基礎的揮劍練習。

秦家的除妖方式極其單純，其他家族卻是無論如何都無法仿效——將血統當中蘊含的「蛟龍妖力」纏繞在武器表面，劈砍妖怪，持續砍削直至妖力弱到無法維持形體存在為止，視情況而言，此種除妖方式甚至有機會令妖怪徹底消失。

換言之，秦家的除妖師相當重視近身戰鬥的能力。

修習武術，鍛鍊基礎體能，並且熟練各式武器的使用方式，儘管如此，對於擁有翅膀毛皮、鱗片尾巴以及複數手腳的妖怪而言，以人類作為目標的尋常武術無法發揮最大效果，因此秦家自行研創出數套實戰性的獨門武術。

經過數個小時，秦語陌才結束練習，依照家訓親自將練武場打掃乾淨，這才前往淋浴間，簡單沖洗過後換上僕役事前準備好的長袍衣裝，返回自己的房間。

在抵達房間的時候，秦語陌看見一名用純白色布疋遮住面容的侍女站在門口，躬身詢問：「家主大人，請問今日有何安排。」

「我會在房間內讀書……除了奶奶外禁止所有會面要求，也無須準備餐點。如果有需要，我會主動吩咐。」

「明白了。」

侍女九十度躬身。

秦語陌進入房間，迅速脫掉長袍衣裝，換成不引人注意的尋常款式，拿起錢包和手機，熟練地從窗戶翻出去，伏低身子穿越庭院，兩個踏步踩著石磚跳出圍牆，來到主宅外面的街道。

考慮到主要道路可能遇見其他門人，秦語陌從沒有鋪設著柏油路的山路離開，在山林內跑了莫約一個小時才抵達位於士林的公車站牌，搭車前往市區。

其後，秦語陌換乘客運，繼續南下。

客運車窗帶著些許髒污，使得景物都罩上一層灰濛濛的色彩，即使是萬里無雲的藍天也變得有些黯淡。駛上高速公路之後，景色頓時不太出現變化。

秦語陌將腦側靠著持續微微震動的車窗，閉目養神。

引擎的聲響滲入耳畔，在腦中揮之不散。

許久之後，秦語陌猛然回神，急忙望向窗外確認現在位置，直到從路牌確定距離目的地還有十多分鐘的車程才安下心，躺回椅背，努力壓抑住開始湧現的緊張感。

✣

這是秦語陌第一次前來中興新村。

實際說起來，秦語陌離開秦家地盤的次數屈指可數，其中又大多是因為委託，無法自由行動。下了客運，秦語陌站在車站旁邊的陰影之內，取出手機鍵入場所地址，原地轉了幾圈定位並且確定方向，接著才邁步走向不遠處的大草坪。

中興新村有一種獨特的氣氛，不同於都市也不同於鄉村。放眼望去都是層層堆疊的綠蔭，低矮的屋舍隱匿其中，也有許多街區沒有建築物，只有草坪小丘、茂盛樹林以及休憩用的小涼亭。

好幾隻貓咪愜意趴在陰影處。

對於人類不太警戒，抬頭瞥了眼就繼續打盹。

秦語陌好奇打量著那幾隻不曉得是野貓還是家貓的貓咪，佇足觀看了好一會兒才猛然回神，點開自動變暗的手機螢幕，繼續朝向目的地前進。

十多分鐘後，手機螢幕顯示著抵達目的地附近。

秦語陌抬頭凝視那棟位在幽靜林木當中的歐風洋房。建築物只有二層樓，斜屋頂鋪著深褐色屋瓦，積了些許落葉。由於洋房大半都籠罩在樹蔭當中，鮮紅色的窗軌尤其顯眼。

秦語陌深呼吸一口氣，大步穿越草皮，踏上旁邊擺放著黑板立牌的門口石階，用力推開掛著「休息中」吊牌的大門。

清脆的鈴音響徹店內。

秦語陌因為穿過了術法結界，下意識地微微皺眉，片刻才看清楚有一位身穿黑色襯衫與牛仔褲的男子站在吧檯內側，捧著一個馬克杯正在擦拭。

那個瞬間，秦語陌突然覺得全身僵硬，明明在無數次地想像過現在的場景，也擬好了數份說詞，偏偏腦袋一片空白，試了幾次都無法順利發出聲音。

黑衣男子並沒有顯露訝異神色，緩緩放下馬克杯，柔聲開口：

「語陌嗎？」

聽見那道熟悉卻變得更加低沉的嗓音，秦語陌只覺得纏繞在全身的緊繃氣氛倏然消散，安心感洋溢胸口。

「哥哥，許久不見了。」秦語陌低頭打招呼。

「……確實如此，最後一次見面是十年前左右吧？」

「是的，十一年又六十九天。」秦語陌立刻說：「扣除不久前的偶遇，我們打從那次夏天就不曾見面了。」

墨鋒露出感嘆時間流逝的神情，從壁掛碗櫃取出一包咖啡豆，偏頭詢問「要喝咖啡嗎？」，接著沒有等待回答就開始沖泡。

淡淡香氣很快充滿店內。

這段時間，坐在高腳椅的秦語陌始終端正姿勢，將雙手放在膝蓋上方，認真凝視著墨鋒的一舉一動。

片刻，墨鋒將一杯咖啡放到吧檯桌面。

「久等了。」

「謝謝。」

秦語陌小心翼翼地端起馬克杯，喝了一小口。

味道比想像中還要甜的味道，令她不禁訝異地瞪大眼。

「我加了不少牛奶，畢竟妳不喜歡喝咖啡吧。還是說口味已經改變了？」

「嗯嗯，這樣很好喝。」秦語陌又喝了一口，開口詢問：「離開家裡的這段時間，哥哥一直在這裡經營咖啡館嗎？」

「差不多吧。」

「這裡的生活有趣嗎？」

「普普通通。」

「多講一些細節啦，這樣對話才可以繼續下去呀。像是開店的時候有遇到過什麼趣事，下班時候又都在做什麼，有沒有遇到印象深刻的客人。」

「原來如此。」墨鋒露出受教的笑容，思索著說：「這裡的生活很平靜，幾乎不會出現變化，有時候會懷疑自己是否真的在這裡待了那麼多年——」

閒聊圍繞著日常的話題，偶爾也會出現兩人都沒有說話的空檔。

直到秦語陌喝完咖啡，墨鋒才開口提起正事。

語調如同方才談論一邊在中興新村散步一邊巡視地盤、對於咖啡豆的喜好以及最近讀過的書籍，平靜且低沉。

「語陌，能夠讓我看看妳的牙齒嗎？」

對於這個要求，秦語陌沒有任何遲疑地前傾身子，將食指和中指伸入嘴巴，用力拉開。

森白色的巨大犬齒在一排小巧的牙齒當中特別突出，帶著銳利弧度與懾人凶暴的尖端。

墨鋒將灰白色的眼瞳湊在那顆龍牙前方，仔細端詳。

秦語陌臉頰微紅，急忙屏住呼吸，避免吐息吹到墨鋒臉上。

「不好意思，請問能夠碰觸嗎？」

「咦？啊啊，當、當然沒有問題……」

「那麼就失禮了。」

得到許可的墨鋒豎起食指，小心翼翼地貼在龍牙表面，順著弧度撫摸。秦語陌忍不住更加用力地繃緊全身肌肉，挺直脊背。

墨鋒專注地小幅度移動手指，接著用指甲輕敲著龍牙。

「妳能夠清楚感受到我的手指嗎？」

「可、可以。」

「接上這顆牙之後過了多久？」

「大約是兩年的時間。」

「這段時間，身體有出現排斥反應嗎？」

聞言，秦語陌一瞬間想要據實以告，然而想到就算坦白了也沒有辦法解決，垂著眼簾說：「一開始有些不適，現在已經沒有問題了。」

「是嗎……若不是親眼所見，讓妖力如此濃厚的物品順利固著在人體簡直難以置信，看來秦家確實成功完成將妖怪器官移植到人體的手術了。這項技術想必會在將來的數十年大幅改變整個除妖界吧。」

「並沒有成功。」

秦語陌平靜反駁。

墨鋒的臉色頓時沉了下來，低聲詢問：「其他人怎麼了？」

「只有我活下來。」

「……說的也是，畢竟是那種亂來的實驗。」

墨鋒眉頭深鎖地往後退開，單手撐著水槽邊緣。

「謝謝，已經可以了。」

秦語陌閉起嘴巴，反射性地用舌頭舔著龍牙，從牙齦順著光滑弧度往下舔，卻一個不小心被龍牙的末端割傷。血味頓時充滿口腔。

秦語陌不禁懊悔這麼一來就無法好好品嘗咖啡的味道，握緊手指。

墨鋒沒有注意到她的表情變化，端正神色地問：「為什麼要違反家規來見我？」

「並未違反，我以客人的身分前來這棟咖啡館諮詢關於妖怪的事情。」

「……那麼要再來一杯嗎？」墨鋒苦笑反問。

「好的，麻煩了。哥哥泡得咖啡很好喝。」

「多謝誇獎，好歹外面放著『咖啡館』的招牌，若是太難喝也說不過去。雖然對於其他客人，都是用即溶咖啡打發就是了。」

墨鋒開始動手沖泡第二杯咖啡。趁著這個時候，秦語陌從懷中取出一個信封袋，放在櫃檯桌面。

「諮詢與否暫且不提，把錢收回去。」墨鋒皺眉說。

「我聽說這是規矩。」

「不用，我不會收妳的錢。」

「規矩就是規矩，一旦打破就失去意義了。在這個世界更是如此。」秦語陌平靜地說：「而且我也不希望自己成為第一位打破哥哥店內規矩的人。」

「妳真的打算向我諮詢嗎？」

「是的。」

「目前站在在第一線除妖驅魔並且身為秦家家主的妳？向我這位已經退休的三流除妖師諮詢？光是說出事實也覺得彆扭。」

「我認為不會有比哥哥更加適合的人。」

墨鋒僵持了好一會兒才無奈妥協，搖頭說著「如果是我力有未逮的問題，費用會全額退還」，隨手拿起一根銀色攪拌棒放在信封袋上面，開口詢問：

「請問今日前來本店，所為何事？」

「我希望能夠得到關於『龍』的情報。」

秦語陌正色開口：

「只要與『龍』這種妖怪扯上絲毫關係，無論多麼瑣碎或荒誕無稽的謠言都可以，希望在這間咖啡館得到想要的解答。」

墨鋒沒有想過會聽到這樣的諮詢，詫異反問：

「身懷蛟龍血統，而且研究這個領域超過百千年的秦家家主竟然要詢問龍的情報？妳得到這些情報又打算做什麼？」

「屠龍。」

第二次得到意料之外的回答，墨鋒頓時陷入沉默。

秦語陌用著雙手包裹住空掉的馬克杯，感受著齒縫間的血味，繼續說下去。

「哥哥是我所知唯一一位殺完龍之後還活著的人，也是我衷心敬佩的除妖師，擁有實績、知識與經驗，強大且不自傲，因此沒有任何人比哥哥更適合商量這件事情了。」

半晌，墨鋒才好不容易恢復語言能力，乾脆地說：「語陌，放棄這個念頭吧。」

「這是我首次踏入黑貓咖啡館，不過根據收集而來的情報，哥哥應該會先對於客人的問題與持有物品進行相關說明，接著才提供建議。」

「我沒有必要重複那些妳也清楚的說明。屠龍是以人類之姿能夠辦到最為艱辛的偉業，成功者將獲得無上榮耀，被世人奉為英雄、王者或勇者，然而扣除近似於神話的傳說故事，人類歷史當中並沒有記載任何一位屠龍者。那些奇聞軼事並非事實，因此沒有講述給客人知曉的意義。」

「此時此刻，哥哥就站在我的面前。」

「所以都說了……」墨鋒放棄辯駁，換了另一個論點：「語陌，龍是無法與之敵對的強大存在。對於妖怪如此，對於人類更是如此。」

「希望哥哥對此進行詳細解釋。」

「在東方文化，龍被當作祥瑞的象徵；在西方文化，龍被當作邪惡的象徵，然而無論東西兩方，『龍』這種存在伴隨著人類歷史的演進持續累加意念，並且脫離種族的概念，以單一一條龍的概念深植人心……四靈青龍、燭龍、四海龍王、尼德霍格、耶夢加德、拉冬、戈里尼奇、科爾喀斯凶龍，人類所傳頌關於龍的故事不可勝數，這點是其他妖怪無法企及的境界，即使說龍已經脫離妖怪的概念、抵達更加上位的階層也不為過。」

墨鋒平靜說著連新手除妖師都該知道的基礎知識。

「毫無名氣的小龍已經足以和大妖怪一戰，遑論那些曾經在各國神話傳說留名千史的龍……按照史籍記載，那些龍確實擁有著傾國滅城的力量，或許是不幸中的大幸，龍的力量過於強大，鮮少出現在其他生物面前，終其一生只會待在人跡罕至的偏境。」

「受教了。」秦語陌點頭說：「不過上述內容並未提及龍的弱點，不曉得接下來是否會對此進行說明？」

「一開始就說過龍不可與之敵對。那是詢問任何國家的任何人都會知曉的存在，行蹤可追溯至遠古時期，並且延續至今，在人類歷史的各個層面都留下顯著痕跡……現今台灣也有許多祭祀四海龍王的廟宇，說得極端一點，屠龍不啻於弒神。那是人類不該實行的事情，連想像都是一種褻瀆。」

秦語陌陷入沉默，沒有繼續提問。

墨鋒總算得到一個喘息空檔，繼續剛才未完的動作，沖泡第二杯咖啡。

等到將泡好的咖啡放到吧檯桌面，墨鋒才再度開口：

「語陌，到底發生什麼事情了？」

「秦家的情報外洩了。」

「哪方面？」

「將會引來龍的怒火，並且造成嚴重災禍的情報。」

秦語陌的語氣相當冷靜，彷彿在談論著並不相干的他人之事。

「一直存在著秦家的人們藉由殺害龍取得力量的謠言，然而知名的家族或多或少都有類似謠言。對此，秦家始終保持徹底否認的立場，最近卻出現了無法動搖的證據，因此我作為下任家主，前來這間咖啡館諮詢關於龍的情報以及應對手段。」

「……依靠著自身的蛟龍血統，直系血脈的秦家成員是少數有辦法抵禦龍之詛咒的人類，這點也是那些謠言的根據，然而追根究柢，捕捉與殺害的妖怪終究是似龍非龍的亞龍怪異，剛才也提過了，真正的龍是人類不可也無法敵對的存在。對於那些汙衊與謠言，我認為公開否定即可。」

「殺害亞龍怪異是事實，殺了龍也是事實。」

秦語陌無奈苦笑，露出森白色的龍牙。

「而且最大的問題在於對方也知道這件事情。」

打從提起龍的話題以來，墨鋒首次露出凝重神色地問：「確定嗎？」

「過去半年，對方斷斷續續寄來許多照片，其中有用電腦合成的假照片，卻也有真的照片。拍攝內容是秦家主宅的周邊景色、房間格局與地下室，可以從中推測出秦家正在進行妖怪的活體實驗。」

秦語陌一邊說一邊從懷中取出整疊照片，依序整齊排列在吧檯桌面。

「照片就不用特地擺出來了，我也看不到……各國的大型家族多少都有在進行這方面的實驗與技術研發，最近甚至連一般財閥企業也開始涉足這塊領域了。」

「對於完全不瞭解科技產品的妖怪而言，照片會成為絕佳證據。」

「妳覺得竟然有不怕死的除妖師試圖誆騙龍嗎？」墨鋒大感愕然。

「龍是擁有高度智商的妖怪，可以交涉，因此也會受到欺瞞。」

「這樣並不合理。內湖秦家作為台灣最大的除妖世家，很容易惹上麻煩與仇家，對於除妖結果不滿意的委託人或其他家族除妖師都有嫌疑，然而多的是其他辦法，直接引來一條龍摧毀秦家實在……太過粗暴荒誕了。」
「在思索對方這麼做的理由之前，我認為思索面對龍的對策更加合適。畢竟已經開始的事情無法改變，只能夠盡力將損傷降至最低。」
墨鋒嚴肅追問：
「等等，妳認為對方與龍聯手的理由是什麼？區區幾張照片無法稱為證據。妖怪不瞭解人類的科技產品，也不會輕易信任人類。追根究柢，尋找到一條龍、與之交涉並且引誘其攻擊秦家，任一項都是難以辦到的艱鉅任務。」
對此，秦語陌再度從懷中取出一張照片，反向推出。
「所以說了，我看不到照片……」
「這是五天前寄來的，正面是我在秦家主宅的房間，拍攝角度是從窗戶往裡面拍。當時我並不在房內，只有拍到地板和一部份的床腳，畫面甚至有些晃動不清，至於背面則是用紅色簽字筆寫著『敖霞』兩字。」秦語陌簡潔解釋。
墨鋒在聽見那個名字的瞬間忍不住蹙眉。
「目前只有我知道這張照片的事情，連奶奶都不曉得。基於這張照片，我認為必須認為對方手上擁有關於秦家的關鍵把柄，說不定還知道這件事情的真相。」
秦語陌用指甲輕敲著自己犬齒。
「……我不清楚其他細節，然而秦家的移植手術可謂完美無瑕。固然殘留著些許龍的氣息，儘管如此，秦家直系的血統當中原本就懷有龍的妖力，要從那顆牙判斷出來自哪條龍是不可能的事情。」

「對方知道『敖霞』這個名字。」

「秦家裡面總會有除了妳以外的人知道這個名字，然而那件事情的結果只有妳和我知道，這個推測過於跳躍了……不過身為家主的妳不可能做出危害秦家的事情，今日才會專程不遠千里地前來中興新村吧。」

秦語陌忽然失去了冷靜，站起身子喊。

「我絕對沒有懷疑哥哥的意思！」

「這是相當合理的懷疑。」墨鋒冷靜地說：「我是世上唯二知道細節的人，又在經營販售情報的生意，客觀來看也會認為我對於秦家抱持怨恨吧。確實是最有嫌疑的對象。」

「我不會懷疑哥哥！」秦語陌堅定重複。

「感謝妳的這份信任，我從未跟其他客人提起過關於龍的情報，這件事情並不是我做的，因此，既然排除了妳我二人的嫌疑，那麼就可以開始思考其他可能性了。」

秦語陌點點頭，再度端正坐回高腳椅。

墨鋒用手指關節輕敲著吧檯桌面。

「根據照片角度判斷，那人是秦家內鬼的可能性並不低，然而這是高風險且低報酬的做法，比起順利毀滅秦家，更有可能在那之前就送掉自己的性命……對方不惜賭命也要這麼做，或許真正的目的並非毀掉秦家。」

「其他目的嗎……我倒是不曾思考過這個可能性。」

「妳是秦家的旁系血脈，能夠成為家主，主要歸功於那顆龍牙，暗地裡大概有不少門人反對。秦家裡面沒有人敢膽正面反抗秦豔梅奶奶，不過用著這種骯髒的威脅手段，有機會讓秦豔梅奶奶重新考慮繼承人選，幕後黑手或許是原本有資格繼承家主之位的人。」

聞言，秦語陌蹙眉說：「父親不可能這麼做。」

「只是舉出最有可能的猜測，而且妳並不是律宗舅舅的親女兒。」

「……父親不會這麼做。」秦語陌再度重複：「回家之後，我會往這個方向收集情報，不過希望將討論的重點放在龍的對策。」

「龍是不可敵對的存在，才會從其他方面尋找突破口。如果妳想要專注討論殺死龍的對策，對話會在一分鐘內結束吧。」

墨鋒無奈嘆息。

「即使是哥哥也沒有辦法嗎？」秦語陌發自真心地問。

「非常抱歉辜負了期待，然而我只是一位失明的咖啡店店主，販賣關於妖怪的知識與常識混口飯吃，並沒有任何應付龍的對策……若要平息龍的怒火，最常見的做法就是搭起祭壇，召集數人甚至數百人作為祭品，奏響呼喚的樂音與詩歌恭迎龍的來臨。」

「那個不是平息神的怒火的辦法嗎？」

「我無法確定是否會平息神的怒火，卻可以確定會平息龍的怒火，歷史當中有不少相關記載。」

墨鋒停頓片刻，低聲說：

「語陌，如果事態真的發展到最糟糕的情況就過來中興新村吧。此處是大天狗的地盤，即使是龍也不敢輕易靠近，遑論在此鬧騰。某種角度來看可說是全台灣最安全的地方。」

秦語陌沒有立刻給出答覆，低頭凝視著空掉的馬克杯。

嘴內的血味似乎又更濃了。

「……如果我真的逃離秦家來到中興新村，哥哥願意捨棄這些年累積的成果保護我嗎？」

墨鋒微微皺眉，沒有立刻開口回答。

緊接著，秦語陌倏然站起身子，持續低頭凝視著桌面。

「不好意思，衝動提出這種無理的要求，請忘記剛才說過的話吧……哥哥已經為了我失去雙眼，不能夠再失去其他東西了。這件事情，身為秦家家主的我會自己努力解決。」

「這個只是意外導致的結果，和妳沒有關係。」

墨鋒一瞬間想要伸手摀住眼窩，不過在最後關頭止住了。

「謝謝招待。」

「抱歉，沒有幫上忙。」

「哥哥沒有和需要向我道歉的理由。不如說，這句話應該是我的台詞才對。」

秦語陌垂著視線，頭也沒回地快步踏出黑貓咖啡館。

「對不起……」

送走今日唯一一位客人，墨鋒站在吧檯內側，思索著秦語陌帶來的情報。
方才的建議其實沒有任何意義。
即使真的有龍在中興新村大鬧，古宵也會選擇旁觀，最多就是護著蘇欣欣的安全而已……話雖如此，這麼做也遠勝於待在秦家主宅正面承接龍的怒火。
緊接著，墨鋒突如其來地想起不久前刻意前來中興新村拜訪的楚士玖。
那個時候，他確實提到過關於龍的話題。
最初遇見楚士玖是在高中一年級。
當時，墨鋒依然寄宿在秦家，尚未決定今後是否要作為除妖師度過一生，姑且前往高中取得一紙文憑，然而從未想過會在那邊遇見左鎮楚家的下任家主。
相處了三年時間，他總是擺出吊兒郎當的態度，用著荒誕不羈的話語掩飾真心，本身的除妖技術、知識與武藝卻是貨真價實，足以擔任世家家主。不如說，那樣的個性更擅長攏絡人心，毫無疑問會成為受到愛戴的家主。
現在想來，楚士玖或許從某處得到了蛛絲馬跡，才會特地從台南左鎮前來中興新村，不惜獻上珍貴的猩猩之酒作為過路費，只為了向自己旁敲側擊出相關情報。
幸好當時的自己真的對於龍的事情一無所知，否則難保被看出端倪。
墨鋒低聲嘆息，尚未理出一個頭緒就被轟然推開的店門聲響打斷思緒。
「墨哥好！人家來囉！」
伴隨著情緒高漲的招呼聲，蘇欣欣大步踏入店內，隨即歪頭問：

「今天沒有在二樓等著耶，真是稀奇。」

「……啊啊。」

墨鋒遲來地想起來今天是星期五，同時也是蘇欣欣打工的日子。

蘇欣欣環顧店內一圈，忽然敏銳地問：「剛才有客人嗎？星期五傍晚通常都不會營業吧。」

「只是一位熟人。」

墨鋒隨口敷衍完才意識到應該保持沉默，然而已經來不及了。果不其然，蘇欣欣立即整個人趴在吧檯，將半個身子都探到內側，看著剛洗好的馬克杯。

「那個不是給一般客人用的杯子吧，而且咖啡香氣也是比較貴的那種……難道是女的？」

「妳管那麼多做什麼？」

「居然真的是女的嗎！可惡！人家還以為已經把這部分的人際關係都搞清楚了，沒想到竟然還有遺漏──」蘇欣欣低聲自言自語。

「別玩什麼扮演偵探的遊戲了……今天先回去吧，工資會照樣算給妳。」

「才不要。」蘇欣欣立刻回絕，理所當然地說：「打工到現在，從來沒有突然中止，即使有客人來訪也是裝不在家或直接趕人。這件事情對於墨哥很重要，作為一名稱職的打工小妹，人家堅持今天也要讀書給墨哥聽。」

墨鋒沒有想過會聽到這種反駁，頓時語塞，片刻才轉而問：「許佑容小姐還有提起關於連理御守的話題嗎？」

「居然轉移話題嗎！越來越可疑了喔！」

「單純因為她從那次之後就再也沒有來過本店了。」

「嗯……很遺憾的，人家依舊還沒澄清敲竹槓的疑惑，不如說，只要提起墨哥和黑貓咖啡館的話題，容容就會瀕臨發飆邊緣，目前還在努力摸索這方面的界線。」

「不需要那麼麻煩。御守已經處理掉了，只要她沒有繼續接觸妖怪的相關物品就無所謂了。」

「人家還是想要澄清啦！」

蘇欣欣說完後才意識到話題被繞開了，再度趴在吧檯桌面，伸直手臂想要抓住墨鋒。話雖如此，蘇欣欣知道墨鋒極為討厭身體接觸，以往都是抓著衣角、袖口，這次鬧了幾下發現沒有效果也就沒有更進一步的行動，只是靠著固執意志力繼續揮舞手臂。

墨鋒強後退兩步，凝重看著蘇欣欣。

對於秦語陌提出的問題，其實有一個最簡單的解決辦法。

蘇欣欣是「受喜愛的人兒」。

那是與生俱來的特殊體質，機率極低，數千萬人當中只會出現一人。

出生瞬間就無條件地持續惹發周遭妖怪的慾望，再加上大多數妖怪都有以人類為食的習慣，受喜愛的人兒通常在成人之前就會遭到神隱，抑或是被妖怪襲擊身亡。

在其他國家與文化，受喜愛的人兒也會被稱為「招魂體質」、「妖之子」、「生樁」、「苗賽」、「人身御供」、「賽琳・雪兒」、「蔓島的妖精」、「Wicker Man」，其意義隨著歷史演變逐漸混入「祭品」的涵義。

看在妖怪眼中，沒有比起受喜愛的人兒更加美味的食物了，只要作為祭品獻上，即使是龍的憤怒也會得到平息吧。

這些想法一閃而逝。

墨鋒搖頭說：「別鬧了，小丫頭。」

挨罵的蘇欣欣往後坐回高腳椅，不服氣地嘟起嘴。

「因為墨哥突然說要中止打工呀。這樣很奇怪吧，明明以前從來沒有這樣。」

「只是暫停一次而已，又不是說今後都不需要來了。」

「之後都不用來的話人家會真的哭出來吧。」

「不需要這種情報……算了，繼續給妳鬧下去也是徒然浪費時間，妳先上去二樓隨便挑本書，我隨後過去。」

「知道了！」

蘇欣欣再度恢復成剛才進入店裡的高昂情緒，急忙打理好壓皺的制服，噠噠噠地跑向樓梯。

「小丫頭……妳對於現在的生活感到滿意嗎？」

「嗯？很滿意喔。」

蘇欣欣停在門旁，不假思索地回答。

「能夠請教這種偏僻地方究竟有什麼感到滿意的要素嗎？」

「咦？墨哥今天真的怪怪的耶，居然會追問這種私人問題。」

「不想回答就算了。」

「不要這麼冷淡啦！人家會回答啦！」蘇欣欣急忙思索著說：「嗯……人家應該算是比較容

易滿足的類型吧，雖然常常抱怨想要離開中興新村，其實也沒有什麼特別不方便的地方。景色很漂亮，有很多適合散步的場所，貓貓也很多。」

墨鋒沒有打岔，靜靜聽著。

蘇欣欣又列舉了好幾項優點，接著突然回神，懷疑地問：

「等等，這個不會又是中止打工的策略吧？」

「不是啦。」

「那麼人家去挑選今天要唸的書，墨哥也要快點上來喔。」

墨鋒無奈嘆息，正要離開吧檯的時候忽然感受到某種異於尋常妖力的徵兆，愕然看向大門。

「……嗯？」

蘇欣欣同樣注意到異狀，跟著放遠視線。

不知不覺間，笛、太鼓和三味線的樂音響起，忽遠忽近，覺得相當清晰的下一秒又覺得是從遙遠山脈傳來似的模糊。

「……這是『山神樂』，也被稱為『天狗囃子』。夏天在深山中莫名其妙聽見的音樂大多都是天狗所為，也有一說是天狗出巡的時候，由僕役的狸貓妖怪所演奏的音樂。」

墨鋒隨口解釋，暗自疑惑自己待在中興新村這麼多年都不曾聽過山神樂，納悶著古宵不曉得有何意圖。

「古爺爺嗎？」蘇欣欣歪著頭問。

「如果這種小地方又來了其他天狗可承受不了，問題在於老爺子為什麼會挑這種時間點現身。」

「這麼說起來，人家對於這個音樂好像有點印象耶……在很小的時候似乎有聽過……」

蘇欣欣露出若有所思的神情，努力想要聽清楚山神樂。

神情逐漸變得迷濛，接著猛然抬頭，兩眼無神地踉蹌走向大門。

墨鋒在她開始喃喃自語的時候就暗叫不妙，伸手攔阻卻被強硬撞開。

下個瞬間，咖啡館的大門倏然敞開。

只見身穿山伏衣裝的古宵將雙手負在身後，踩著高木屐踏入店內，逕自坐在桌面，面無表情地淡然開口：「受喜愛的人兒，過來。」

「……好的。」

神色迷濛的蘇欣欣依言照做，走到古宵旁邊的椅子，靜靜坐下。

墨鋒反射性地想要握緊拐杖，手指抓空了幾次才想起來自己正在店內。

拐杖掛在玄關旁的掛勾。

「……老爺子，請問您究竟想要做什麼？如此唐突地奏響山神樂會令中興新村的所有妖怪受到驚嚇，甚至可能做出襲擊人類居民的脫序舉動。」

古宵沒有回答，靜靜開口：

「敖縭，可以進來了。」

緊接著，一個身影有如突然現身似的站在大門。

那是一名乍看之下無法分辨性別的中性美人，五官深刻，身姿英挺，柔順的酒紅色長髮在後頸綁成一束，垂落到腰際。身穿紅黃兩色的古式長袍，衣袖寬大到垂落地板。

那個瞬間，墨鋒打從內心感受到無法遏止的戰慄。

那是人類絕對不可違逆的至高存在，已經在世間存續超過千百年的時間，當下卻也只能故作冷靜，再度低聲詢問。

「老爺子，請問究竟是怎麼一回事？」

古霄依然沒有回答，只是寵溺地撫摸蘇欣欣的頭髮。

紅髮女子面無表情地環顧店內一圈，並沒有移動，依然站在門口，輕啟薄唇。

「——聽說你是妖怪與人類的仲介者，此處是調解兩者紛爭的場所。」

嗓音彷彿直接響在內心，帶著敲打晶石的澄澈音色。

「本宮名為敖縭，前來此處的要求只有一項——交出曾經殺害龍的人類。」

「關於本店，您或許有某種誤解——」

「放肆！」

敖縭不悅低喊。

下個瞬間，磅礡浩大的殺氣猛然襲捲所有角落。

倘若是普通人類想必會直接跪倒在地，屏住呼吸不敢妄動，以最為恭敬的姿勢向敖縭伏首稱臣，基於生命的本能知道如果不這麼做將會觸怒對方，接下來迎來的結局只有死亡。

簡單、明快且毫無掙扎的死亡。

古霄攬住蘇欣欣的肩膀，散出妖力遮擋，擺出一副無論發生什麼事情都與自身無關的態度。

直攘妖力鋒芒的墨鋒勉強撐住沒有跪倒，卻也得單手握緊吧檯邊緣穩住身子。額頭持續滲出豆大汗珠。

這個時候，敖縭總算將酒紅色的眼眸移到墨鋒身上。

「……人類，頭抬得可真高。」

「如果連這樣的妖力都無法承受，何來的資格接受諮詢。」

「諮詢？不是調解紛爭嗎？」

「這點或許是古宵老爺子的說法有誤……本店的業務範疇包含處理非人、妖怪、怪異、惡念和詛咒等相關事項，也有經手收購妖怪的產品，咖啡錢則是以人頭計算的諮詢費。上述這些就是本店的規矩。我是擔任店長的墨鋒，自我介紹晚了還請見諒。」

敖縭不置可否地頷首。

「本宮並不在意讓何人前去傳話，只要這個消息準確傳達給所有人類即可。下次的月圓之夜，在此地交出曾經殺害龍的人類。」

「對於人類而言，龍是高不可攀的至高存在，即使存在著對龍展露敵意的愚蠢之徒，想必也無法傷到龍的片鱗，請敖縭大人理解這個要求無法達成，因為根本沒有兇手。」

敖縭柳眉直豎，袖袍高高鼓起，理應無法干涉到現實世界的妖力有如狂風席捲咖啡館內部，吹翻擺飾與桌椅，並且將擺放在壁掛碗櫃的咖啡豆、玻璃杯與各種道具震落地板。

鏗鏗鏘鏘的破裂音不絕於耳。

「本宮下達吩咐，人類只須遵從。你竟敢三番兩次地提出質疑？」

——不妙，踩到底線了！

墨鋒立刻切換思緒，斟酌著應該求饒還是脫身逃跑。兩個念頭同時掠過腦海，然而對方是位居妖怪頂峰的龍，無論選擇何者，成功機率都微乎其微。

下個瞬間，古宵淡然開口。

「殺掉這小子只會讓之後的事情變得更加麻煩。」

沙啞聲音幾乎被窗外的風聲蓋過，敖縭的神色卻因此平緩。

狂暴捲動的妖力略為收斂。

「你壓根不在乎人類的死活吧，打從踏入店內就只護著那個女娃兒。」

古宵假裝沒有聽見這句諷刺。

敖縭冷哼一聲，再度開口：「這座島嶼存在著殺死龍的人類，而且是專挑幼龍下手的卑劣之徒。本宮作為龍的代表，會找出那些人類給予懲罰，你要做的事情就是將那人帶到本宮面前。」

「……我明白了。」墨鋒躬身說：「我會在下個月圓之夜找出殺害龍的犯人，並且將之帶到您的面前。」

「很好。」

語畢，敖縭拂袖離開。

伴隨著銀鈴聲響，充斥店內的龐大殺氣瞬間消散得無影無蹤。

墨鋒大口喘息，暗忖這次應該死裡逃生了，接著才注意到握拳的左手指甲深深嵌入掌心。鮮血持續流出，滴落地板。

「老爺子，為何您總是帶著各種棘手的事情過來……那位可是龍，修為或許超過萬千年，根本不是人類有辦法應付的存在。」

「如果老朽沒有介入，敖縭可是會直接將殘留龍的氣味的場所全部化為火海，難不成你小子覺得那樣的發展比較好嗎？這座島嶼大半的建築物都會因此被燃燒成為灰燼吧。」

「……請問您們認識嗎？」

「在老朽初次抵達這座島嶼的時候，有過一面之緣。」

墨鋒看出古宵不願意多談，追究此點也毫無意義，強制壓下內心翻騰的情緒，再度詢問：「請問您還有什麼吩咐？」

「盡快解決這件事情。」

語畢，古宵站起身子，牽住蘇欣欣的手離開咖啡館。

墨鋒凝視著他們兩人的身影消逝在外面林木，這才猛然坐倒在地板，伸手摀住持續發疼的眼窩，暗自慶幸不久前的連理御守事件曾經觸發過詛咒，多少有些心理準備，再加上敖縭擺出一副不屑與人類對話的態度才沒有注意到這個詛咒，否則自己早就死了。

龍的自視甚高，向來瞧不起人類與妖怪，居然會向人類尋求協助可是前所未聞。即使有古宵這位大天狗居中協調，背後依然有著相當複雜的經緯吧。

話雖如此，墨鋒因此得知新的關鍵情報——

秦語陌的猜測是錯的。

龍的復仇目標並非秦家，而是更加精確的「殺害龍的人類」。

台灣的除妖師當中只有身懷蛟龍血統的秦家勉強有辦法達成這點，儘管如此，從方才的態度判斷，敖縭對於兇手的身分毫無頭緒，才會特地前來吩咐自己代為尋找，若是有「內湖秦家」這個線索，早就直接闖入主宅緝拿兇手了。

「話又說回來，語陌不久前才剛從中興新村離開，老爺子肯定也有發現她身上帶著龍的氣息，說不定還有聽見我們的談話……除了受喜愛的人兒以外就徹底不管其他事情的主義偶爾也會幫上忙啊。」

墨鋒緩緩地吐出一口長氣，將右手移開眼窩。

既然事情無關「內湖秦家」，而是更加縮小範圍地侷限在「殺過龍的人類」，那麼容易處理了。

——身懷龍之詛咒的自己以及口中移植著龍之牙的秦語陌，兩者無庸置疑，都是曾經殺過龍的證據，只要讓其中一人站在敖縭面前，以命抵命就可以平息龍的憤怒。

✣

有「龍」現身的情報在短時間內就傳遍整個業界，餘波甚至影響到現實世界，在政府、軍隊與股價層面產生劇烈動盪。

儘管與事實不符，然而或許是有心人士的操弄，也或是除妖師們心照不宣的默契，謠言當中夾雜著許多「龍的復仇對象是內湖秦家」的內容。客觀而言，內湖秦家是台灣除妖界的第一世家，身懷蛟龍血統的秦家弟子也是極少數有辦法正面對抗龍的除妖師，從各種角度來看都必須出面處理。

這段時間，墨鋒並沒有做出任何行動。

謠言當中有著許多誤解與刻意扭曲的解釋，然而「只有秦家有辦法對抗龍」的結論並沒有錯。再者，他們也確實正在進行將龍的身體部位移植到自家弟子的實驗，同樣該為此負責。

即使曾經接受過秦家的養育之恩，墨鋒明白自己既不是除妖世家的墨家子嗣，也已經與秦家毫無關聯，作為一個販售妖怪情報謀生的咖啡店店主，在這件事情上面無能為力。

「——然而現任的秦家家主是語陌啊……」

墨鋒拄著拐杖站在咖啡館前庭的石階，無奈嘆息。

由於古宵刻意調整了圍繞著中興新村的超大型結界，即使龍的現身場所已經傳得人盡皆知，沒有任何除妖師膽敢冒著觸怒大天狗的風險踏入黑貓咖啡館詢問相關情報，原本就生活在中興新村的妖怪則是被天狗的山神樂與龍的龐大妖力接連嚇傻，各自待在巢穴不敢離開。

這段時間，墨鋒過得風平浪靜。

沒有偶然獲得妖怪相關物品的普通人、沒有希望諮詢身邊奇異現象的客人、沒有刻意前來探聽情報的除妖師。再者，以往三天兩頭就跑來的蘇欣欣受到天狗的幻術影響，沒有前來打工。

黑貓咖啡館可謂門可羅雀。

墨鋒基於地盤代理人的職責無法離開中興新村，因此總是待在門口，等待唯一一個會在這種情況下進入中興新村的熟客。

過去幾天都沒有動靜，不過今天總算聽到了熟悉的引擎聲。

片刻，一輛漆黑轎車停在車道，後座的車門被用力推開。柳庭柔凜然下車，大步走到墨鋒面前。

「老爺子不會放任何與妖怪有關聯的人進入中興新村，不過妳們兩位似乎是例外。難道有做過什麼討他歡心的事情嗎？」墨鋒平靜地問。

「為什麼沒有聯絡？」

柳庭柔沒有回應，慍怒反問。

墨鋒側身打開店門，將視線投往剛停好車、踏上草坪的江國美幸。

「先進入店內再說吧。」

「大小姐，我在外面等待。」江國美幸低頭說。

墨鋒沒有多加勸說，也沒有追問她們兩人的微妙氣氛，讓柳庭柔進入後就掩上大門。

柳庭柔逕自坐下，雙手交環抱在胸前。

「不需要咖啡，我不是作為客人過來的。」

「那樣真是太好了。本店基於某些私人理由，目前無法提供咖啡。」

柳庭柔抬頭瞥了眼空無一物的壁掛碗櫃，低聲開口：

「全台灣都因為那起事件陷入混亂了……龍在此處現出行蹤，大天狗古宵更改術法結界令所有除妖師都無法踏入中興新村，附近的草屯沈家、南投李家與魚池雷家都不約而同地公開禁止外姓除妖師踏入地盤，四大世家的家主聚集在台北圓山飯店開了無數場的會議。小鋒，你身處事件的中心，請問有什麼話想說嗎？」

「感謝告訴我這些情報。」

「……只有這樣嗎？」

柳庭柔更加惱怒地捏緊手指，用力深呼吸幾次才再度開口：

「小鋒，我相當仰慕你，這份心情從你認為更早的時候就開始了，直到現在依舊沒有任何改變。只要開口，我會動用手邊所有的資源進行協助，即使在妖怪方面的事情無法派上用場，總會在其他部分成為你的助力。」

「這件事情沒有妳幫得上忙的部分。」

「連思考或斟酌的時間都不需要就可以給出回答了嗎？」

「如果是其他妖怪或許會需要協助，然而這次的目標是龍。四大世家的家主也無能為力。」

墨鋒停頓片刻，開口說：

「話雖如此，需要麻煩妳捎句話。」

「……對象是誰？」

「秦家家主的秦語陌，請轉告她在下次月圓之前都待在秦家主宅，無論發生什麼事情都不要離開。」

聽見那個名字，柳庭柔再度用力捏緊手指。

「到底發生什麼事情了？」

這句問題並沒有得到回答。

柳庭柔的語氣轉冷，逕自說下去：「龍的現身是確定事項，根據目前謠言，那位名為『敖縞』

的蛟龍要討一樁血債，四大世家之首的秦家該為此負責。」

聞言，墨鋒不禁皺眉。

謠言的內容過於具有針對性了。

話雖如此，原本就猜想過有除妖師在推波助瀾，這樣也不是太過奇怪的事情。

「既然小鋒刻意捎話，表示謠言內容並非全然虛構吧。」

這個問題依然沒有得到回答。

柳庭柔瞇起眼，忍無可忍地柔聲開口：

「小鋒，你該不會打算獨自處理這件事情吧？」

「捎話的事情就拜託妳了。」

「那位叫做秦語陌的少女願意讓你違反自己訂下的規矩，甚至也願意讓你犧牲性命嗎？那個可是龍啊，位居妖怪頂點的存在，不管過去做過多少努力都會在瞬間化為烏有。」

柳庭柔的語氣逐漸帶上泣音，低聲說：

「小鋒，你會死的啊……」

柳庭柔咬住嘴唇忍住眼淚，接著像是突然想到什麼似的抬起頭。

「難道墨家的家傳術法有機會在龍的怒火當中保住性命嗎？所以才會執意嘗試？」

「不曉得妳是否知道墨家的家傳術法細節。」墨鋒平靜反問。

柳庭柔微微蹙眉，卻還是立刻給出回答。

「四大世家都有不外傳的專屬術法，其術式乃是經過千百年鑽研的心血結晶，有時候也會配合本身的妖怪血統。曾經位列第二的墨家自然也有家傳術法……那是被外界稱為『不死』的招式，在除妖途中無論遭受到多麼嚴重的傷勢都會迅速痊癒，效果簡單卻強大無比。」

「那麼妳知道這個『不死術法』的詳細運作原理嗎？」

「除了墨家的直系血親，沒有任何人會知道。」

「外界一直都誤會了……或者說，外界一直沒有看破歷代墨家刻意營造的假象。墨家並沒有妖怪血統，倚靠的術法也極為單純，只是將『替身詛咒』這項最為基礎的單純術法鑽研至極致。」墨鋒淡然解釋。

柳庭柔下意識地坐挺身子，對於墨鋒願意向自己說明這項機密的事實湧現激動情緒，確認性地問：

「替身詛咒是指……日本的藁人偶嗎？」

「正是那種類型的術法。」墨鋒說：「替身詛咒並不是特別稀奇的術法，中國的草製人偶、非洲的巫毒娃娃，世界各國都有類似系統的術法詛咒，原理也相當單純，將自己受到的傷害轉嫁到預先製作好的人偶身上，即可安然無事；將恨意隨著釘子打入放有頭髮或符紙的人偶身上，即可對他人施加詛咒，根據情況也可以作為治療、祈福之用。」

墨鋒平靜地說：

「百千年來的時間，墨家家主都是利用這個術法驅除妖怪。無論在戰鬥途中受到多麼嚴重的傷勢也會立即轉移到事前準備好的……人偶身上。即使被貫穿胸膛、咬斷脖子、攔腰斬斷都可以毫髮無傷，因此產生許多謠言，像是墨家擁有『永生不死』特性的人魚血統，或是擁有『預知未來』特性的白澤血統。」

柳庭柔靜靜聽著。

「儘管如此，人偶必須事前備妥。這樣的除妖方式在實戰途中難保出現意外，因此墨家又朝著其他的方向鑽研，即是反轉的術法。」

「不好意思，我並非除妖師，聽不懂太過艱深的專業術語。」

「這個同樣也是基礎等級的術法，表為裏，裏為表，兩者互為一體。每位除妖師在初學者的時候都曾經學過，只是墨家將這項術法鑽研至極致，並且與替身詛咒的術法彼此疊加……於是，施加詛咒的人會『反轉成為本體』；承受詛咒的目標則會『反轉成為替身』。」

「所以……無論面對何種攻擊都可以反彈給對方嗎？」

「當然不會那麼簡單，如果彼此的實力差距懸殊，抑或是術法來不及完整發動，墨家家主依然會受到傷害，不過這份傷害則又會由事前準備好的替身承受，因此無論如何，墨家家主在大多時候都會安然無事……墨家的專屬術法就是如此的自私霸道。」

墨鋒自嘲地勾起嘴角。

「我認為這是值得誇耀的事情。」

「話題似乎有些扯遠了……總而言之，墨家倚靠著『替身詛咒』與『反轉術法』這兩項技巧，成為近乎不死的特異存在，無論受到多麼嚴重的傷害都會立即痊癒，以無傷的姿態繼續動作，於是那些非人的妖怪與怪異將會感到畏懼、退卻，最終自行離開或被纏鬥至妖力徹底消散。」

「這是相當厲害的術法，需要累積數十年所改良精進而成的術式與長年練習，即使得知原理也無法輕易模仿。感謝願意告訴我如此重大的情報。」

「如今的墨家直系血統只剩下兩人。天資聰穎的哥哥拋棄墨姓前往海外，資質駑鈍的我則是從未學會家傳術法的精隨，繼續保密也沒有太大的意義，更何況，這個也不是值得其他家族願意花費工夫鑽研的術法。」

「在那場大火之前，墨家是台灣五大家族當中名列第二的家族，家傳術法的價值無可估計——」

墨鋒打斷問：「以妳對於妖怪與術法的廣博知識，認為區區一個草紮人偶有辦法代為承受割喉、穿心這種程度的致命傷嗎？」

柳庭柔一怔，像是終於想通了關鍵點，伸手掩住驚呼。

「墨家所製作的人偶並非普通人偶……原本的術法當中，人偶內部必須放有獸骨、頭髮或指甲等物品作為媒介，然而那樣的效果微弱，墨家經過無數次的改良，順利讓活生生的動物作為術法媒介……換句話說，驅除一次妖怪，即使是再簡單不過的小妖，只要受傷就會有十多隻動物陷入非死即殘的下場，若是驅除大妖怪就更不用提了。那是任何正常人都會感到反胃噁心的畫面，墨家私人土地的農場當中數不清的動物屍橫遍野，彼此堆疊，血液、體液與其他不明液體全部混雜在一起——」

「我不認為這是錯誤的。」

柳庭柔平靜地說：

「醫療和科學的發展同樣構築在無數實驗動物的犧牲上面，卻是可以拯救更多性命。」

「那麼如果墨家曾經使用過『人類』作為替身呢？」
對此，柳庭柔一時之間也無法回應。
「……抱歉了，我沒有質問的意思。」
墨鋒低聲嘆息。
「日本的藁人偶是這種類型的術法之冠，墨家的歷代家主經常前往日本進行交流。大約在八十年前，當時的墨家家主在日本滋賀縣的一個離島……記得是竹生島吧，他在那裡偶然遇到了龍。細節就不提了，那名家主最後還是死亡了。換言之，即使是這個被認定為最強不敗的術法依舊無法戰勝所謂的龍。」
「既、既然如此，為什麼你執意要面對龍的怒火？」
「我不能離開中興新村，敖縭要求在這裡見到兇手。換言之，這件事情必須由我負責。」
柳庭柔不捨地蹙眉。
「小鋒，你想要隱瞞重要事情的時候總會刻意提起不相干的話題，像是墨家的專屬術法。我是你的夥伴，無論發生什麼事情都會站在你的身旁。」
墨鋒沒有接續話題，擺出這個話題已經結束的態度，起身送客。
柳庭柔無奈站起身子，走到大門的時候忽然停下腳步，輕啟薄唇。
「小鋒，你有使用過墨家的家傳術法嗎？」
她的語氣極為平靜，沒有批判也沒有厭惡。
單純只是為了得到答案才提出這個問題。

「……我在除妖方面毫無天賦，直到那場大火發生的時候依舊尚未學會任何一個術法，遑論複雜艱深的家傳術式。」

「那麼你就沒有必要背負起那些責任。」

墨鋒沒有回答。

「你要傳的話，我保證會親自捎到。」

語畢，柳庭柔推門而出。

✥

那天夜裡，墨鋒久違做夢了。

他站在一棟古樸宅邸的正前方，手邊找不到熟悉的楞杖，過了好一會兒才意識到現在的自己並不需要拐狀。雙眼可以清楚看見眼前的景物。

於是，他明確地知道自己正身處夢境當中。

「這個已經算是某種詛咒了，真是的，不能讓我乾脆點忘掉這段回憶嗎……明明有好幾年都沒有想起來了，偏偏就挑在月圓前的夜晚，這點也令人感到某種惡意……」

墨鋒抬頭凝視著眼前的秦家大宅，強忍住內心翻騰的厭惡感，向前邁步。

庭院、迴廊和房間都極為寧靜，不見人影。

林木被燦爛陽光拉出倒影，在木製地板左右搖曳。

墨鋒信步踏入宅內，放輕腳步地走在迴廊，沿著記憶當中的路線前進，很快就踏入那間位於盡頭的熟悉房間。

有一個男孩蹲坐在角落。

男孩抱著膝蓋，過長的瀏海遮住了半邊臉孔，難以看清楚表情。

墨鋒低頭凝視著男孩。

當年墨家主宅在一夜之間被大火付之一炬，父親的墨端玉、母親的秦慕嫣以及世家內的長輩和門人弟子都因此身亡，其他的弟子四散各地，無處可去的自己在沒有選擇的情況下被秦家收留。

秦家家主的秦豔梅這麼做的理由並非基於眷戀、憐憫或基於血親關係的感情，而是單純的利益考量。

秦豔梅對於墨家血脈深痛欲絕，然而秦律宗缺乏除妖才能，他的孩子們也是如此，無法期待會出現超越秦豔梅、秦慕嫣的天才，倘若將希望寄託於更遙遠的後代子嗣，很有可能在那之前就失去了至今為止建立起來的地位與威信。

秦豔梅無法認同這樣的結果，因此收養了墨端玉與秦慕嫣的孩子。

話雖如此，繼承秦豔梅、秦慕嫣雙方優異天賦的哥哥搶先被國外家族帶走，無可奈何之下，只好收養毫無天賦可言的弟弟。

如同秦律宗一樣作為傳宗接代的道具，待成年之後廣納妻妾，祈禱眾多子嗣當中有一人會返祖展露驚世才能。男孩相當明白自己的立場，不如說，在父母雙亡、弟子四散、宅院成為廢墟的此刻，能夠有一個遮風避雨的住所已經是非常幸運的事情了。

男孩打從心底明白自身處境。

待在秦家主宅的時候，無須思考其他事情，只要如同人偶般執行傳達給自己的指令即可。某種程度而言，男孩並不討厭這樣的生活。

墨鋒環顧四周。

房間內的傢俱少得可憐，只有生活的必備品，最後還是將視線放回男孩身上。

男孩的姿勢沒有改變，然而周遭景物迅速逝去。眨眼過後，墨鋒依舊站在同一個房間內，地板與傢俱表面卻積滿灰塵。

墨鋒立刻轉身踏出房間，在附近的庭院看見了正在散步的兩人。

當男孩成為少年的時候遇見了那位女孩。

女孩小了少年相當多的歲數，無論何時都充滿活力。身上總是帶著不少瘀血與擦傷，也經常抱怨訓練的辛苦之處，卻從未在少年面前露出疲倦神色。

不同於平庸的少年，女孩展現出優異的武術與除妖天賦，成為當時聚集在秦家主宅的孩子們的隊長，得到他們的信任與支持，然而在少年面前依舊是一位喜歡撒嬌的孩子，將他當作哥哥景仰。

女孩拉著少年的手，忙不迭地說著各種話題。

少年笑著傾聽，偶爾才回應幾句。

這段時間，少年將自身所知道關於墨家修練、術法與除妖技巧的知識據實以告，換得衣食無缺的平靜生活，唯一沒有說出家傳術法的關鍵。少年知道這是最後籌碼，一旦交出去的最慘結果即是被剝奪自由，終生幽禁在主宅之內。

墨鋒站在迴廊的欄杆後方，凝視眼前比起回憶還要更加鮮明的過往畫面。

從某天起，少年與女孩開始了一種遊戲，利用學到的武術基礎躲開負責監視的門人，在主宅當中尋找祕密基地，或許是數小時也或許是數天，兩人在被發現之前都會躲在祕密基地悠哉地消磨時間。

其後，兩人意外在主宅的一處空房發現暗門，年代久遠的石階通往令人感到毛骨悚然的地下室。

晃動的燭光晦暗不清，藥品的刺鼻氣味、血味、死水的沼味、生肉腐敗味與某種無法明晰的野獸臭味彼此混雜，令汙濁凝重的空氣產生黏在口鼻的錯覺。一張金屬長桌放在地下室角落，佈滿污漬的桌面放著數個用途不明的道具，刃部都殘留著擦拭不去的陳年血跡。

少年與女孩牽著彼此的手，小心翼翼地踏入地下室。

跟在後方的墨鋒低聲唸著「不要去」，然而聲音無法傳達出去。

寬敞的地下室卻是死路，除了通往暗門的石階之外沒有其他聯外通道。

話雖如此，兩人基於某種無法言喻的直覺持續在牆邊與地板摸索，拿起金屬器具敲打。

兩人的直覺是正確的，設置在地下室的術法結界被設定成只有秦豔梅的直系血親有辦法開啟。

說來不巧，少年正好符合條件。

片刻，少年偶然碰觸到術法結界的關鍵處。

其中一面牆壁產生晃動，隨後露出位於隱藏於後方的牢籠。

牢籠當中關著一名少女。

赤身裸體，凌亂且參差不齊的紅色長髮勉強作為遮蔽，纖瘦且佈滿傷口的手腳戴著沉重鐐銬，試圖威嚇的猙獰表情比起人類反而更接近野獸。

少年第一眼就認出那是化身人形的龍。

理當在天際翱翔，傲視萬物生靈，不知為何卻被關在地底牢籠的幼龍。

少年凝視著幼龍少女斷去好幾節的手指與被刨挖出肉塊的深深傷口，立即意識這是秦家正在從事的不可告人實驗，也意識到行蹤暴露的後果不堪設想，然而在拉著女孩離開此處之前，她就先行一步走到牢籠正前方，蹲低身子詢問著幼龍少女的名字。

那天之後，少年與女孩時不時就會偷偷前來地牢，探視幼龍少女。

墨鋒站在地牢角落，用著理當看不見的雙眼靜靜注視。

龍是極為心高氣傲的妖怪，誕生瞬間就立於大多數妖怪的頂點，如今卻受到人類的折磨與虐待，憤怒只會持續累積，不過龍也是相當睿智的妖怪，依照本能偽裝得虛弱無力，等待脫逃的契機。儘管如此，歷練尚淺的少年與女孩沒有看透這點，即使有所懷疑，同情與憐憫依舊占了上風，甚至一心認為可以在如此不平等的關係當中建立起人類與妖怪的異種族情誼。

數天、數週、數月的時間在數十秒內飛快流逝。

少年與女孩持續偷偷前來地下牢獄，探視著遭受嚴酷折磨的幼龍少女。

直到某天深夜，挨不過苦苦哀求的女孩終於心軟，利用剛學會的秦家術法替幼龍少女解開鐐銬。

於是，劇烈妖力在密閉空間的地牢炸裂。

淒厲龍咆撼動地底。

持續偽裝的溫馴、令人憐憫假象倏然剝落，重獲自由的幼龍少女明明可以輕易離開此處，卻狀似瘋狂地對準最靠近的女孩伸出利爪，試圖割開她的喉嚨發洩仇恨。

情急之下，少年動用尚未徹底掌握的家傳術法，推開女孩承受攻擊。

在術法的效果影響之下，傷害反轉。

幼龍少女成為了本體，少年成為了替身。

龍的攻擊撕裂了龍的喉嚨。

話雖如此，不成熟的術法無法順利卸去所有力量，反噬施術者令其七孔都流出鮮血，那份怨念夾帶著怨懟、哀傷與憤怒等諸多負面情緒化為詛咒，作為殺死龍的象徵也作為殺死龍的代價，根深蒂固地寄宿在看見那副景色的眼瞳深處……

墨鋒知道只是錯覺，卻依然忍不住摀住發疼的眼窩。

妖力紊亂傾瀉的地下牢房，嚇傻癱坐在角落的女孩，用雙手摀住眼窩、淒厲哀號的少年以及傷口汩汩流出大量龍血、顯然命不久已的幼龍……

畫面開始模糊、搖晃。

逐漸變得晦暗。

「——！」

從夢境甦醒的墨鋒猛然睜開眼睛，在床鋪坐起身子。

原本極為清晰的視野一片漆黑，只有些許閃爍浮動的發光粒子。

術法並非隨時可以施展的戲法，需要大量的事前準備，以墨家家傳的不死術法為例，至少需要收集作為媒介的人的身體部位——頭髮、指甲、血肉，並且花費數日數月寫下複雜的術法結構。

當時的少年正是如此，認為所有的攻擊、術法與詛咒都無法傷及其片鱗的龍若是能夠成為媒介，將會成為墨家不死術法的另一個巔峰，因此每次前往地下牢獄都會暗自收集能夠作為施術素材的物品……

墨鋒輕聲嘆了一口氣，忽然覺得眼窩深處又開始隱隱作痛，不過很快就強行壓下，起身進行今晚的準備。

✣

墨鋒很快就打掃完咖啡館，坐在靠窗的位置，直到夕陽偏西才披上長袍，拿起拐杖緩步踏出咖啡館。

掛在正門的木牌翻到沒有寫任何字的那一面。

天空呈現濃稠的橘橙色，隱約可以見到稀疏星光。

路燈已經亮起。

附近街道依然可以見到不少觀光客的身影。或是騎著租來的腳踏車，或是拿著當地特產的冰磚冰淇淋悠哉散步，或是以紅瓦屋頂的屋舍與大片綠意為背景拍照。

這是人類的科技發展正在逐漸掩蓋妖怪存在痕跡的最佳證明。

換作數百年前的時代，曾經有龍現身的場所會被視為聖地，選定為帝王的陵寢或國家祭壇的興建場所，然而身處現代的普通人們甚至不曉得這件事情，若是百多年後，說不定連龍的概念都會變得更加稀薄……

思考著這些事情，墨鋒繼續沿著人行道前進。

離開遊客經常前往的觀光景點，周遭聲響頓時大幅降低。

腳步聲混入在四周窸窣作響的枝葉，很快就被風吹散。

十多分鐘後，墨鋒即將抵達目的地的虎山步道。入口處的欄杆掛著兩個鐵桶，裡面放著好幾根供人自由取用、作為登山杖的木棍。

這裡是受到附近居民喜愛的登山步道。

此時此刻，無法目視的術法簾幕層層堆疊，導致前方沒有看到任何人類的身影。即使有人嘗試靠近此處，也會在抵達入口之前像是想起什麼似的匆匆折返。

「話說回來，沒有看到把這邊當成窩的那幾隻小風狸……落葉積了這麼多也不掃，龍的威壓真是不容小覷呀。」

墨鋒輕鬆穿過結界術法的縫隙，接著注意到兩個身影。看似突然憑空出現，不過實際上早就已經待在此處，只是受到術法影響才沒有辦法從外側注意到。

左邊那人一身碎花襯衫與鬆垮垮的長褲，雙腳踩著木屐，正是古宵。

右邊那人則是身穿黑色水手服的秦語陌，姿態凜然，即使身旁的妖怪是大天狗也沒有露出絲毫膽怯神色。

「……不是說了好好待在秦家的地盤嗎？」

墨鋒無奈嘆息，拄著拐杖走上前。

「那是不可能的事情。」

秦語陌堅定地說。

墨鋒轉動視線，開口詢問：「老爺子，請問蛟龍已經來了嗎？」

「就在山頂的瞭望台。」

古宵雙手插在口袋，滿臉不悅地說：

「墨家的小子，老朽不曉得接下來你打算做什麼，不過這女孩的牙的氣息會蓋過你的詛咒，只要別主動揭露，即使是龍也無法發覺。」

「非常感謝忠告。」墨鋒再度躬身行禮。

冷哼一聲作為回應，古宵隨即轉身，如履平地似的踩著木屐走在雜草蔓生的崎嶇山坡。矮小身影很快就隱沒在林木之間。

墨鋒等待數秒，確定古宵走遠才再度開口：

「現在外面的情況如何？」

「前些日子的逢魔時刻，名為敖縭的蛟龍降臨中興新村，在大天狗古宵作為引薦人的情況下要求黑貓咖啡館的店主代表人類一方交出曾經殺害龍的人類，隨即離去。有許多除妖師試圖進入中興新村，然而他們都無法強行穿越大天狗的術法結界。」

墨鋒暗忖秦語陌終究是家主，不少情報比起柳庭柔更加詳細。

「四大世家有什麼動作嗎？」

「楚家沒有表態，許家與朱家要求積極處理此事，甚至提議強行突破大天狗的結界，不過讓奶奶擋住了。」

「……秦豔梅奶奶怎麼說？」

「這件事情全權交由身為家主的我處理。」

墨鋒不禁皺眉，追問：「秦家內部有發現可疑的人嗎？」

秦語陌緩緩搖頭。

「我知道了……那麼語陌，這件事情交給我吧。」

「我也要陪同參與。」

「接下來要做的事情只有幾成把握，甚至無法保證讓妳平安回去。」

「沒有問題。哥哥在那個時候捨命救了我一次，我卻無以回報。這些年來，我已經變得更強了……雖然沒有辦法協助哥哥，至少可以站在身旁。」

「實際講起來，這件事情的起因是我，妳是受到牽連的被害者。」

「沒有那回事。」

秦語陌發自內心地反駁，接著抬起俏臉，凝視著被蓊鬱林木遮蔽的山頂。

「哥哥有平息這件事情的辦法嗎？過去幾天，我所能夠想出的解決辦法只有以家主身分站在敖縞面前，獻出自己的性命，期望平息龍的怒火。」

「……我接下來準備做的事情並沒有太大差別。」

「沒關係，我相信哥哥。請問我該怎麼做呢？」

「我會負責處理一切，如果妳不願意離開，那麼就靜靜待在旁邊吧。」

「瞭解了。」

「妳真的不追問細節嗎？」

「已經說過許多次了，我相信哥哥。」

墨鋒不再說話，握緊拐杖走上虎山步道。

秦語陌立即跟在後面。

✣

墨鋒與秦語陌並肩走在步道。

水泥石階足夠兩人並肩而行，兩側積了不少落葉。左側是岩壁，右側則是林木茂盛的陡坡，歪斜蜿蜒地往前延伸。

墨鋒和秦語陌都沒有交談，靜靜走著。

路面每隔一百公尺就鑲嵌著方形地磚，標示著距離山頂的公里數。

步道本身並不長，鋪設著水泥路面的部分約只有一公里，十多分鐘就可以走到位於山頂的瞭望平台。繼續往前延伸的泥土路則可以將整座山繞完一圈，從其他出口離開。

在抵達山頂的時候，墨鋒和秦語陌同時止步。

只見一身赭紅古裝的敖縭坐在步道最高點瞭望台的長椅，翹著腳俯瞰下方景色。酒紅色的長髮隨風飄揚。

敖縭的氣氛與上次見面時迴然相異，話雖如此，經常與古宵打交道的墨鋒深刻理解修為越高的妖怪就是如此，隨心所欲、喜怒無常，想法與行為會在眨眼間劇烈轉變，上一秒笑著談天說笑，下一秒就出手殺人也是再尋常不過的事情。

墨鋒以恭敬的態度躬身行禮。

「我名為墨鋒，乃是黑貓咖啡館的店長，本日前來赴約。」

「本宮不會浪費時間試圖記住人類，然而也不會在短短幾天內忘記天狗代理人的容貌。」

敖縭沒有轉移視線，感慨地說：

「這裡就是你所管理的地盤吧。幾百年的時間，人類已經將世界改變到這種程度了，簡直天翻地覆……那個是什麼？」

墨鋒順著話題轉動視線，然而視野一片漆黑，皺眉斟酌著該如何回答。

見狀，秦語陌機敏地踮起腳，靠在耳畔輕聲說：「紅色鋼筋的橋樑。」

墨鋒頷首致謝，開口回答：

「那個是橋梁。」

「橋梁是那種模樣嗎……」敖縭不解地喃喃自語，接著偏頭說：「你也真是性急，約好的時間是月圓之夜吧，現在天可還沒黑。」

「我沒有辦法負擔失敗的結果，只好提早行動了。」

「那麼本宮的要求是帶來殺死龍的人類，為何帶來一個弱不禁風的女娃兒。那套獻上祭品的作法可不適用於此時此刻。」

「我是秦語陌，現任的秦家家主。」

秦語陌上前一步，凜然開口。

敖縭沒有回應，甚至連一眼都沒有瞄向秦語陌，見到墨鋒沒有回答就繼續俯瞰風景，沉默片刻才突然注意到某個細節，疑惑地問：

「人類的女娃兒，為何妳身上有龍的氣息？」

「據說我家的先祖曾經與蛟龍結合，誕下子嗣。」

「本宮確實聽說過百千年前曾經有一段違背天命的結合，沒想到他們的子嗣並未滅絕，依然在人世間延續。」

墨鋒覷準時機，開口接續話題：「他們一族以『秦』為姓，同時藉由依附在血統的力量，以調解妖怪與人類紛爭為業，現在是這座島嶼最為強盛的家族。」

「本宮對於人類的歷史毫無興趣。」

「世界之大，無奇不有，除了秦家之外想必也有其他繼承龍之血統的人類，進而擁有普通人類不應該擁有的力量，有辦法抵抗龍的威壓，並且對強大的龍造成實際傷害。既然如此，能否將那樣的存在稱為『人類』也是一大疑問，畢竟那份足以傷到龍的力量明顯脫離人類範疇了。」

「……原來如此，你帶著這女娃兒作為證據，想要表示殺龍的兇手也擁有龍的血統，所以這是妖怪之間的紛爭，無關人類嗎？」敖縭瞭然地說。

墨鋒沒有回答，只是再度躬身。

從遙遠天空吹落的風劃過瞭望平台，帶著寒意悄然颳過。

下個瞬間，敖縭用力踏地。看似平凡無奇的跺足令空氣為之震蕩，化成實體的殺氣如同漣漪蕩開，使得周遭林木有如受到狂風吹拂似的颯然作響。

「——天狗的代理人，你真以為這種說法會奏效嗎？」

敖縭咬牙切齒地質問。

纏繞在敖縭身上的肅殺氣氛每分每秒都越發激烈，宛如利刃抵住墨鋒咽喉，令他連呼吸都感到困難。

秦語陌基於血統緣故，多少能夠抵禦這股殺氣，然而也意識到只要一動就會立刻將所有的殺意都引到自己身上，回過神來已經順從著本能緩緩跪倒在地，將額頭抵在路面，表示自己不會妄動。

「前些日子暫且不論。在動真格的本宮面前還沒跪下的人類，你是第三位。」

敖縭的話音帶上了笑意，殺氣卻依舊源源不絕地鎖定在墨鋒身上。

「本宮也真是被小瞧了……或者說龍被人類小瞧了，竟然盤算著使用這種支離破碎的藉口就打發掉本宮。」

墨鋒努力凝視著敖縭，沒有轉移視線。

這個時候，敖縭突然蹙眉，眨眼之間閃到墨鋒面前，伸出單手掐住臉，低頭凝視著灰白色的眼瞳。

「為什麼你受到龍的詛咒……這個是大天狗的某種幻術？又或者，你就是殺死龍的人類？」

墨鋒沒有回應，筆直凝視回去。

敖縭的眼中閃過殺意，右手五指彎曲成爪狀。

「——稍等！稍等片刻！縭大姊！這點和說好的不一樣啊！這位人類的命不管怎樣都請務必留著啊！」

伴隨著驚慌失措的叫喊，一名身穿白西裝的男子從瞭望台後方的林木之間現身，正是下任楚家家主的楚士玖。

聽見他的聲音，墨鋒忽然意識到秦語陌是正確的。

這件事情的幕後黑手並非秦家的內鬼，而是其他世家的計謀。

楚士玖匆忙跑到敖縭面前，以極端恭敬的態度屈膝下跪。

「請縭大姊息怒！不才在下已經準備好一切所需物品，國王的瓊漿、木乃伊的實驗體、泰山府君之法的術式、屍解仙的棺材、嫦娥的不死藥藥方、賢者之石、人魚的血肉、鳳凰骨粉、生命樹的果實以及《先帶舊事本紀》當中的十種天璽瑞寶，相關物品一應俱全，只待縭大姊取得最後一項關鍵物品，不才在下保證徹夜展開研究，在最短的時間獻上足以滿意的成果。」

聞言，敖縭的殺氣略為減輕。

總算得以喘息的墨鋒不禁踉蹌，從楚士玖的話語逐漸理解到事情真相。

秦家主宅有著長年架設的龐大術法結界，即使是龍也不願意主動靠近，因此楚士玖刻意等待秦語陌離開主宅的時候向敖縭通風報信，希望直接將龍的怒火引到內湖秦家，卻是陰錯陽差地被古宵介入，領著她前來黑貓咖啡館。

緊接著，墨鋒隨之理解到楚士玖真正的目標，難以置信地喊出聲音。

「——你竟然打算『復活死者』嗎？」

楚士玖沒有立刻回答，繼續保持跪姿，直到得到敖縭的首肯才站起身子，故作誇張地攤開雙手。

「沒想到我的摯友居然會問出這種問題，我還以為答案已經顯而易見了。」

「現在是開玩笑的時候嗎？」

「我一直以來都是很認真的喔。」

楚士玖正色說：

「人類的科技早就可以復活死者，只是礙於法律、人道等因素才遲遲無法公開實驗，幸好那些繁文縟節當中並沒有包含『妖怪』對吧？」

「……你會失敗。妖怪的本質介於現實與虛構之間的不確定存在，使用完全科學的理論與方式去進行解析只會破壞其本質、動搖其根本。」

「我很佩服你可以從大量知識當中推敲出正確度極高的結論，這是墨墨你的優點，然而這件事情幾乎沒有前例也沒有相關情報，再加上我是樂觀的實踐派，沒有親自做過之前都不認為會失敗。」

「這個就是你為了家族所做出的決定嗎？」

「何必講得好像我總是遊手好閒似的？我為了家族還做了很多事情呢，像是敦親睦鄰、調解長輩結下的仇恨以及和地盤的妖怪們打好關係，現在才會站在這邊呀。」

「這麼說起來，昔日『七寺八廟』的龍王廟舊址就在台南，正是楚家的地盤……」墨鋒低聲說。

「那麼關於上次見面的提案，考慮得如何了？」

「在我知道這件事情之後還有可能答應嗎？」

「現在的事情沒有什麼不好吧？不如說是左鎮楚家成為台灣最強大家族的第一步。」

「剛才也說了，你會失敗。」

「墨墨總是喜歡做最消極的假設，不過我就是看上了這點，正好互補。副手的位置永遠為你保留，回心轉意的話隨時跟我聯絡喔。」

楚士玖露出大膽無謂的燦爛笑容，接著流暢轉身下跪，恭敬地說：

「縞大姊，非常抱歉，然而希望您不要取這位男性人類的性命。」

「你在請求本宮放過殺了龍的人類嗎？」

「此人是大天狗『大黑山六識坊』的代理人，負責管理中興新村地盤並且監視受喜愛的人兒，同時也是不才在下的摯友，並且他確實達成了您的囑咐，在期限之內帶來了殺龍的兇手。」

楚士玖大手一擺，指向秦語陌。

「這位秦家家主正是殺死龍的兇手，也是您要尋找的那位人類。」

「……所言無虛？」

「不才在下絕不敢在縞大姊面前說謊。」

「前些日子的那些照片可不能算是證據。」

敖縭不再理會楚士玖，拖著寬大衣袖緩步走到秦語陌面前，淡然吩咐：

「起來。」

秦語陌頓時覺得重壓在身上的妖力大幅減輕，站起身子，同樣直視著敖縭。

「妳這女娃兒身懷蛟龍血統，方才引起本宮注意的部分卻不是這部分，而是一股比起那個淡薄到連妖怪都稱不上的血味更接近龍的味道……這是為什麼呢？」

「因為我殺過龍。」

秦語陌神色凜然地回答。

墨鋒握緊拐杖，正要插話的瞬間卻被楚士玖的皮鞋搶先踩住。

「墨墨，好不容易幫你求完情，不要又自己找死啦。」

墨鋒沒有把握同時在應付楚士玖的情況下分神做其他事情，當下沒有其他動作，凝神注視著秦語陌。

敖縭淡然說：「妳的身上並沒有任何詛咒，並非兇手。」

「我不曉得為何如此，然而這樣並不會改變曾經殺過龍的事實。」

秦語陌刻意露出犬齒。

見狀，敖縭猛然伸出手，將拇指與食指伸入秦語陌嘴中，強硬撐開。

龍的犬齒毫無遮蔽地裸露在外，表面泛著某種不應該出現在牙齒的金屬光澤，森白且銳利。

敖縭用著極為輕柔的動作讓手指滑過龍牙。

「為什麼妳會有這顆牙？」

「因為我殺了龍，這個就是證據。」秦語陌平靜重複。

天空在不知不覺間被暗沉烏雲覆蓋。

理當居住著許多鳥獸與妖怪的林木之間異常寂靜，完全感受不到生命跡象。

悶雷在遠處間斷響起。

「——那麼就為此償命吧……為了本宮的女兒償命吧。」

語畢，敖縭扭動手腕，輕易地將龍牙從秦語陌的口中拔下，順勢甩出一道鮮紅色軌跡之後將之收到懷中，毫不戀棧地轉身離去。

齒根連同神經被抽離的痛楚令秦語陌不由得發出悲鳴，單手壓住臉頰，跪在地面。

楚士玖眼明手快地拽著墨鋒往後撤離，眨眼之間退了十多公尺。

緊接著，一道落雷轟然砸落瞭望平台。

強烈閃光與妖力癱瘓了視覺與聽覺。

直到煙霧散去，現場已經看不到敖縭的身影了。

瞭望平台的水泥地面留下一個深不見底的焦黑窟窿，依然裊裊飄出煙霧。

楚士玖揮手搧去塵埃，刻意提高嗓音說：

「哎呀哎呀，龍真是名不虛傳，這種雷在瞬間劈下來根本沒有除妖師有辦法扛吧，不過往好處想也是少了各種折磨。墨墨，你原本居然想要硬接龍的怒火嗎？就算是號稱不死之身的墨家血統也會瞬間被這道落雷劈成焦炭吧……還是說你其實接得下來？」

墨鋒的神色鐵青，必須用力拄穩拐杖才不至於癱倒，咬牙說：「滾……」

「墨墨，不要露出這種表情啦，我也是為了你才——」
「不要讓我說第二次，快滾！」
「瞭解瞭解。」
楚士玖舉起手投降，輕笑著說：
「希望這件事情不會破壞我們倆之間的交情……我會擇日過來拜訪，今天就先這樣了。關於緕大姐的事情希望幫忙保密呀。」
墨鋒聽著楚士玖的腳步聲逐漸遠離，走到窟窿邊緣，低著頭，強忍痛楚似的深深吐息。
眼窩深處似乎又開始發疼了……

✣

今日，中興新村的黑貓咖啡館依然照常營業。
話雖如此，由於前一陣子影響深遠的「那起事件」，客人寥寥可數。其中又都是偶然獲得妖怪相關物品、在網路意外找到咖啡館瑣碎記載的普通人，不會因此接觸到同業人士。
那起事件以秦家家主的秦語陌獻上性命，平息龍的怒火告終。
其後，秦豔梅再度接掌家主職位，敖緕不知所蹤，再加上當時在場的人都沒有將情報傳出去，因此也沒有人知道楚家下任家主的楚士玖在與龍聯手的情況下進行著復活妖怪的實驗。
以結果而言，什麼事情都沒有改變。

至少中興新村的日子再度恢復往昔的風平浪靜。

墨鋒站在吧檯內側，整理著壁掛碗櫃的袋裝咖啡豆。

片刻，繫在大門的銀鈴發出清脆聲響。

「歡迎光臨。」

墨鋒立刻出聲招呼。

一名略為駝背的老婦人不疾不徐地踏入店內，白髮在腦後盤成複雜髮髻，佈滿皺紋的雙眼銳利掃過店內，佝僂的身軀散發著不符年紀的龐大壓力，正是秦家家主的秦豔梅。

墨鋒快步離開吧檯，迎上前詢問：

「今天只有您一人嗎？」

「……老身可沒有老到那種程度，何必稍微出個門就帶著大批僕從。」

秦豔梅有些不耐煩地搧著手，拉開最靠近的那張椅子，逕自坐下。

「飲品方面，請問咖啡可以嗎？」

「這裡是咖啡館吧。」

「好的，請稍待片刻。」

墨鋒立即回到吧檯後方，開始沖泡咖啡。

這個時候，一名身穿米色圍裙的黑髮少女從內側走廊匆匆走出來，看似因為錯過了接待客人的時間點感到著急，接著在看見秦豔梅的時候立即垂下視線，站在原地不知所措。

「這位是本店的新人店員。尚在研修期間，如有冒犯之處還請見諒。」

墨鋒微笑著開口介紹。
秦豔梅沒有回應，瞥了一眼就轉回視線，凝視著放在桌面的黑色角錐紙鎮。
墨鋒不疾不徐地沖泡好咖啡，親自將馬克杯端到秦豔梅面前，接著坐在對面的位置。見狀，黑髮少女也有些忐忑地移動到墨鋒身後。
秦豔梅從懷中的皮夾抽出十張鈔票，整齊放在桌面。
「聽說這是這間咖啡館的規矩。」
「倘若奶奶有事垂詢，我自然如實奉告。不需要支付任何費用。」
「規矩就是規矩。」
秦豔梅的語氣不容拒絕，逕自拿起黑色角錐紙鎮壓住鈔票。
「本次事件，老身的孫女受你照顧了。」
「……沒有的事。本次事件的責任全部都在我身上，礙於天狗代理人的職責無法親自登門致歉，希望奶奶原諒。」墨鋒低頭說。
「為何這麼說？」
「倘若幽禁在秦家地下牢房的敖霞沒有死亡，也不會發生後續這些事情。」
「扯到那麼久遠之前的事情怎麼可能算得清楚。」
秦豔梅不悅冷哼，半瞇起眼，用手指關節輕敲著桌面。
「老身就不問你用了何種戲法騙過了龍，那樣太不知趣了，然而那道落雷的威壓傳遍了全台灣，究竟用了何種方法挨過了龍的攻擊？那可是從未記載在任何古籍的壯舉。」

「這是墨家的專屬術法。」
「墨家的不死術法不可能撐過龍的攻擊。老身聽聞過你們曾有家主在日本離島偶遇龍的故事，那人最終還是死了。」
「我有更動術式細節，並非奶奶所認為的不死術法。」
「你竟然獨自辦到了那種事情嗎……」秦豔梅的雙眼微微瞪大，半晌才追問：「術法的代價是什麼？」
「秦家共七百三十二人的一年壽命。」
「果然啊，就知道你待在主宅那幾年不可能安分守己地什麼都不做。其中有包含老身嗎？」
「不敢。」
「七百三十二年的壽命換得一次惹怒龍的代價嗎……說得極端一些，秦家所有成員的性命都得救了，也不是太壞的交易。不過你也真敢暗藏這種術法，若不是這次為了應付龍的怒火意外曝光，天曉得秦家什麼時候會著了道。」
「那個時候的我年少無知，暗自認為秦家收養自己的理由是因為血統與家傳術法，因此必須掌握一些談判籌碼。僅此而已。」
「誰稀罕墨家的獨傳術法，那種替身效果的術式與秦家的招式互相矛盾，學了也沒有意義……話又說回來，你終究是慕嫣的孩子，居然能夠另闢蹊徑將已臻完美的術法改良成不同版本，這是家主級數的除妖師也不一定有辦法達成的壯舉，甚至瞞著老身施加在所有曾經進入主宅的門人身上。」

秦豔梅勾起單邊嘴角，露出一個歪斜的笑容。
壓在角錐紙鎮的鈔票微微飄動，發出「啪唰、啪唰」的聲響。
「外界對於你缺乏天賦的評論實在頗令人感慨，世界上可以看清楚天賦的人寥寥可數，連老身都看走眼了。」
「我需要徹底理解術式結構才有辦法使用，超過二十年只學會兩個，確實是資質平庸。」
「沒有除妖師敢宣稱自己徹底瞭解妖怪，對於前人流傳下來的術式也是如此。誰不是依樣畫葫蘆地囫圇吞棗。」
墨鋒再次頷首，回到原本的話題。
「術式本身是只能夠發動一次的類型，媒介也已經全數用盡，今後不會再度對秦家造成任何威脅。請奶奶放心。」
秦豔梅沒有接續話題，端起微微冒煙的咖啡喝了一小口。
「那個時候，你以雙眼無法看見光明為理由主動要求離開，老身也沒有挽留……這是真正的理由嗎？」
「雙眼失去光明的我無法負擔除妖重任，待在秦家恐怕會成為累贅。」
「真是冠冕堂皇的說法。這些年不見，你也變得油嘴滑舌了。」
接下來好一段時間，沒有人開口說話。
秦豔梅靜靜喝著咖啡，速度並不快，有時候會凝視著窗外景色好一會兒才如夢初醒地再度端起馬克杯。墨鋒保持微笑，端正坐在對面位置。

直到喝完一杯咖啡，秦豔梅才站起身子，準備離開。

「……你很像那個笨蛋女兒，尤其是眼角的部分。」

墨鋒不禁一怔，過了好幾秒才意識到這是在回答方才收養自己的理由，不過來不及回答，秦豔梅已經踏出黑貓咖啡館。

鈴聲在店內久久不散。

片刻，黑髮少女的秦語陌低聲開口：

「奶奶什麼都沒有說，這是……同意我離開秦家的意思嗎？」

「我不敢妄自揣測她老人家的想法。幸好這裡是大天狗的地盤，即使是秦家家主也不能亂來。」

「哥哥似乎只要遇到難題就會搬出這個說法，然而那位大天狗根本不會去管受喜愛的人兒以外的事情吧。」

墨鋒頓時語塞，苦笑著說：

「奶奶是一位很有耐心也充滿遠見的人，這次能夠躲過龍的怒火是各種僥倖相成的幸運結果，至少近期之內，她不會主動戳破這個謊言。那樣沒有任何意義。」

「說得也是。畢竟失去了牙齒，我也沒有擔任家主的能力了。」

秦語陌輕碰著自己臉頰，接著再度深深鞠躬。

「哥哥兩次的救命之恩，我今後絕對會報答的！」

「我是中興新村的地盤代理人，倘若有妖怪與人類在此處發生紛爭，自然該由我出手解決，即使是龍也不例外。妳不用在意那些事情……如果真的想要協助，快點記住所有咖啡豆的牌子吧。」

「是的！」

秦語陌凜然站直身子，笑著說：

「接下來這段時間，我會努力成為稱職的咖啡店店員，麻煩哥哥多多指教了！」

全文完

釀奇幻70　PG2796

中興新村的異聞奇譚錄

——黑貓咖啡館

作　　者　佐渡遼歌
責任編輯　陳彥儒
圖文排版　蔡忠翰
封面設計　吳咏潔

出版策劃　釀出版
製作發行　秀威資訊科技股份有限公司
114 台北市內湖區瑞光路76巷65號1樓
電話：+886-2-2796-3638　傳真：+886-2-2796-1377
服務信箱：service@showwe.com.tw
http://www.showwe.com.tw
郵政劃撥　19563868　戶名：秀威資訊科技股份有限公司
展售門市　國家書店【松江門市】
104 台北市中山區松江路209號1樓
電話：+886-2-2518-0207　傳真：+886-2-2518-0778
網路訂購　秀威網路書店：https://store.showwe.tw
國家網路書店：https://www.govbooks.com.tw
法律顧問　毛國樑　律師
總 經 銷　聯合發行股份有限公司
231新北市新店區寶橋路235巷6弄6號4F
電話：+886-2-2917-8022　傳真：+886-2-2915-6275

出版日期　2022年10月　BOD一版
定　　價　320元

版權所有・翻印必究（本書如有缺頁、破損或裝訂錯誤，請寄回更換）
Copyright © 2022 by Showwe Information Co., Ltd.
All Rights Reserved

讀者回函卡

Printed in Taiwan

國家圖書館出版品預行編目

中興新村的異聞奇譚錄：黑貓咖啡館/佐渡遼歌著.
-- 一版. -- 臺北市 : 釀出版, 2022.10
面； 公分. -- (釀奇幻 ; 70)
BOD版
ISBN 978-986-445-722-9(平裝)

863.57 111013796